COBALT-SERIES

炎の蜃気楼《ミラージュ》昭和編

涅槃月ブルース

桑原水菜

集英社

炎の蜃気楼《ミラージュ》 昭和編

涅槃月《ねはんづき》ブルース

目　次

人物紹介

加瀬賢三
上杉景虎

冥界上杉軍の大将。かつて「レガーロ」でホール係をしていた。

笠原尚紀
直江信綱

医学部に通う大学生だったが、織田に養父母を殺されたことで大学を退学。織田との戦いに専念する。

小杉マリー
柿崎晴家
上杉夜叉衆のメンバー。
「レガーロ」ではステージで歌っていた。
宮路良
安田長秀
グラビアや広告写真のカメラマン。
夜叉衆では実力ナンバー2。
佐々木由紀雄
色部勝長
循環器外科の医師で元軍医。
夜叉衆では
最年長的立場のまとめ役。
北里美奈子
音楽家一族の令嬢。実は
養女であり、龍女の血を引いている。

人物紹介

朽木慎治
織田信長

「レガーロ」のボーイ兼用心棒だった。行方不明になっていたが、信長としての記憶を取り戻し、景虎たちと対立する。

ジェイムス・D・ハンドウ
森蘭丸

大崇信六王教の当主・阿藤が大株主である阿津田商事の重役。

高坂弾正

神出鬼没の武田家臣。夜叉衆と敵対したり助けたり、謎多き人物。

涅槃月ブルース

炎の蜃気楼《ミラージュ》　昭和編　　　これまでのあらすじ

昭和三十三年、東京。加瀬（景虎）は「レガーロ」でホール係として働いていた。マリー（晴家）は同じ店の歌姫。ある夜、店のボーイ・朽木の前に、戦死した彼の友人の名を騙る男が現れた。景虎たちは男に襲われた朽木を助ける。実は二人は朽木を守るため、「レガーロ」に潜入していたのだ。

一方、医大生・笠原（直江）は、龍に守られた後輩・坂口と知り合う。彼も不審な人間に狙われていた。坂口は武田ゆかりの龍を祀る一族で、龍女が生む『龍のうろこ』を持っていた。坂口の実家へ赴いた矢先に龍女が殺され、直江は新たに龍女となった音楽一家の令嬢・美奈子を護衛することに。

二つの事件には六王教が絡んでいた。実は朽木こそ信長が換生した姿であり、『龍のうろこ』で彼の鎧を作るため、龍女や坂口が狙われていた。そして、朽木は「レガーロ」から姿を消す。（「**夜啼鳥ブルース**」）

朽木が去った「レガーロ」で、バンドメンバーに原因不明のアクシデントが続く。そんな折、店のオーナー・執行の前に、芸能プロダクション社長の早枝子が現れる。執行と因縁がある彼女の狙いは〝「レガーロ」乗っ取り〟。バンマスまでも倒れるが、急遽美奈子が演奏し、事なきを得る。早枝子の周辺には織田の影があり、景虎たちが調査に動き出す中、店に爆破予告が届く。

爆破予告は織田の息がかかった大進興業からの脅迫状だった。景虎たちは店に立てこもるが、景虎はバンドメンバーたちを襲ったものと同じ呪いを受けてしまう。しかし、織田の真の狙いは大勢の客を乗せた電車の爆破だった。今まで所在不明だった長秀の働きによって計画は阻止。景虎の呪いも解かれる。一連の事件は、信長として目覚めた朽木の指示で行われたものだった。（「**揚羽蝶ブルース**」）

爆破予告の一件以来、美奈子は「レガーロ」でピアノを弾くようになっていた。マリーにデビュー話が持ち上がる中、店に東雲次郎という男から髑髏が届く。また、都内の結婚式場では花嫁が倒れる異変が起きていた。原因は婚礼衣装に取り憑いた霊。同級生が巻き込まれたこともあり、直江は調査に乗り出す。同時に次郎の正体を探り、「レガーロ」で働くナッツとのつながりが判明する。

次郎の弟・三千夫の指示を受け、ナッツが仕掛けた呪詛が発動し、景虎は店で倒れた。三千夫は六王教から髑髏を盗んで追われており、次郎はすでに亡くなっていた。しかし、

これまでのあらすじ

弟を心配する次郎は三千夫の霊媒体質を利用し、景虎のもとへ髑髏を送りつけたのだ。憑き衣の主導霊でもあった髑髏の正体は、信忠の婚約者・松姫。信長は髑髏を用い、皇太子の成婚パレードを見守る民衆を操ろうとしていた。次郎の協力を得た夜叉衆は織田方を追い詰め、景虎は信長と対峙する。彼を殺す絶好のチャンスだったが、信長が見せた朽木の姿にとどめを刺せなかった。

（**「瑠璃燕ブルース」**）

髑髏事件からしばらくのち、景虎は霊を活性化させる流しのバイオリン弾きに出会う。そして、東都大の構内では不発弾が爆発。現場はかつての陸軍の秘密研究所。以来、学生の間で「死者を乗せる船の夢を見る」という奇妙な現象が広がる。

バイオリン弾き・丈司と接触した長秀と晴家は、彼が付喪神付きのバイオリンを織田絡みの人間に売れと迫られていると知る。バイオリンは叔父・幸之助のもので、彼は弾いたら死ぬ曲を書いたという。三人は怨霊に襲われ、バイオリンは死守したが、丈司を拉致されてしまう。

丈司を救出する際、怨霊との戦いで怪我を負った景虎は信長と遭遇。美奈子は若い女の霊に導かれて山手の天主堂へ向かい、瀕死の景虎を見つける。そんな美奈子のもとにも幸之助のバイオリンがあった。治療を受けた景虎は『死の船』の夢を見、直江の反対を押し切り、夢へと潜る。

（**「霧氷街ブルース」**）

調査の結果、直江は陸軍が旋律兵器の研究を行っていたと知る。そこで殺人楽曲を作ったのが幸之助だった。すでに楽譜は失われ、丈司だけが暗譜している。直江が病院へ戻ると景虎の身体が消えており、ふたりを繋ぐ命綱も切れた。

一方、景虎は夢で美奈子と遭遇。船の付喪神であるマリアから、バイオリンに封じられ、無人兵器の実験に利用されたと教えられる。それこそ丈司が持つ「テオトコス」。美奈子宅へ預けられていたのが「二番目のテオトコス」だった。

「第二のテオトコス」のせいで織田に狙われた美奈子を逃がした晴家は信長に捕まる。そこへマリアに執着する科学者・ヨハンに憑依された景虎が現れ、さらに『死の船』が地上に現れる。だが、船を通じて人々の無意識を支配しようとする信長にヨハンが刃を向ける。彼の真の目的は直江の力でマリアの魂を美奈子へ換生させることだった。間一髪、景虎の魂は肉体へ戻り、ヨハンとマリアを調伏した。（**「夢幻燈ブルース」**）

むげん丸の事件後、直江は学生運

動の過激派である「闘学連」に潜入し、得体のしれない霊気をまとう十文字を監視していた。また、織田に狙われる美奈子は松川神社に匿われる。親しくなる景虎と美奈子に直江の胸は重く塞ぐ。

　そんな中、長秀や晴家、色部が《調伏力》を失う。ほどなく景虎たちも、原因となった霊・トウジロウに襲われる。美奈子に憑依した布良という霊によれば、トウジロウの正体は長島一向一揆の赤蜥蜴衆のひとりで、仲間を裏切った男らしい。この戦闘が原因で直江は昏睡状態に。さらに「レガーロ」でのラストステージに信長が現れ、晴家が声を失う。

　闘学連を含め、合同での国会デモが決行され、景虎は十文字に憑依したトウジロウと対峙する。昏睡から目覚めた直江も合流し、夜叉衆はトウジロウたちと激闘をくり広げた。そして、彼が施した鬼術を解かせ、《調伏力》を取り戻す。（「無頼星ブルース」）

　火事を装った呪詛により、尚紀（直江）の養父母が殺された。晴家の声も戻らないが、夜叉衆は首都高速を使った六王教の東京霊都化計画を阻止すべく、橋脚の破壊工作を行っていた。そんな中、景虎のドッペルゲンガーが現れ、そのせいで景虎は警察に拘束される。やがて公安へ移送されるが、それは滝川一益と森蘭丸が上杉方へ和睦を申し入れるための偽装工作だった。事情を知った直江たちは景虎の分身を生み出した邪法を破るべく六王教へ乗り込む。苦戦を強いられるが、分身を自ら操った景虎により形勢は逆転。景虎の奪還にも成功する。（「悲願橋ブルース」）

　信長の策略により指名手配犯として追われつつ、夜叉衆は織田潰しに奔走する。色部は六王教が呪法に使った身元不明の乳児を保護。景虎は朽木を恨む少年・鉄二と知り合う。鉄二は初生人ながら千里眼と念動力を持っていた。直江は蘭丸から裏切りを持ちかけられ、懊悩する。

　そんな中、景虎と信長は謎の修行僧によって重傷を負わされた。景虎は警察に身柄を確保され、救急車で運ばれるところを夜叉衆に奪還され、天目山の坂口家に匿われる。家を捨てた美奈子がそこへ現れ、ふたりは束の間、穏やかな時を過ごす。だが織田に見つかり、景虎は美奈子と鉄二を連れて逃げる。そして、かけつけてきた直江に「美奈子を連れて阿蘇へ行け」と命じる。（「紅蓮坂ブルース」）

イラスト／高嶋上総

炎の蜃気楼《ミラージュ》 昭和編
涅槃月《ねはんづき》ブルース

第一章　闇と赤熱

汽車《きしゃ》の窓は、夜露《よつゆ》に濡《ぬ》れている。

乗客は皆、寡黙《かもく》だった。

硬い背もたれに身を預け、半分は眠りこけ、かろうじて起きている者も暗い窓をじっと見つめて、ただ物思いに耽《ふけ》るばかりだ。

夜汽車の窓は、まるで黒い鏡だ。山間《やまあい》を貫《つらぬ》く線路に明かりはなく、映るのはただ、自《みずか》らの青ざめた貌《かお》だけなのだ。旅人はそこにどんな記憶を重ねているのか。

直江《なおえ》と美奈子《みなこ》の、重苦しい逃避行が始まった。

かわす言葉は、最低限のみ。

出会った頃のように、親しく打ち解けることはない。

他人行儀なふたり旅だ。同行人というだけだ。会話もなく、互いを見ることもない。犯人を連行する刑事だって、もう少し話をするものだろう。いつかピアノを挟んで微笑《ほほえ》みあい、彼女の弾く美しいソナタを聴いたこともあった。そんなふたりであることも嘘《うそ》のように。

あの頃の「笠原尚紀《かさはらなおき》」はもういない。

ここにいるのはもう、物腰穏やかで気の優しい医大生ではない。四百年もの月日を、肉体を換えながら生きてきた「この世ならぬ生き物」だ。

景虎《かげとら》の名も、お互い、一度も口にしない。

夜霧の立ちこめる山林に、蒸気機関車の汽笛《きてき》が響く。

直江はふと目を上げて、暗い窓にぼんやり映る美奈子の青ざめた美貌《びぼう》を見つめた。

美奈子は眠っていなかった。白く細い手を膝《ひざ》で結び、力なく半開きにした瞳《ひとみ》は、虚無《きょむ》を湛《たた》えている。……ああ、そうか。彼女もまた、そうなのだ。抱えているのは、未来への不安ではなく、虚無なのだ。

彼女もまた、希望など、抱いていない。

愛する男とは、もう二度と、生きて再会することはないのではないか。

そんな予感に震えている。

客車を揺らす線路の継ぎ目を数えては、遠ざかる距離を嚙《か》みしめる。

直江はそんな美奈子から目をそらした。夜露を拭《ぬぐ》っても、彼女の白い手の残像が、いつまでも瞼《まぶた》に残った。

想《おも》う相手は、ただひとり。

ただ、その心に想う相手だけが同じだという、ふたりだ。

――美奈子をつれて、遠くに行け。

景虎の声が耳に残る。

――行って、なすべきことをなせ。直江信綱《のぶつな》。

何万回反芻《はんすう》したか、わからない。

この逃避行の終着点に何があるのか、いまの直江には皆目想像がつかない。

＊

八ヶ岳《やつがたけ》の麓《ふもと》から、九州まで――。

道のりは決して安全なものではなかった。

乗ってきた車は途中で乗り捨てなければならなかった。すでに織田《おだ》の追っ手が迫っていたからだ。

ふたりのことをどこで嗅《か》ぎつけたのか。襲撃にあったのも、一度や二度ではない。直江の腕に残る傷は、美奈子を守って負ったものだ。

人目につかぬよう、息を潜《ひそ》め身を潜め、逃れ続けて二週間。

追っ手を振り切ったふたりは、ようやく汽車の終着駅にたどり着いた。

駅前の寂れた旅館に一夜の宿を求める。

「ご夫婦ですか」

直江が宿帳に偽名を記していると、宿の主人にそう問われた。

ペンを止め、しばし考えを巡らせる。

「いえ……。兄妹《きょうだい》です」

「そげんですか」

「これから親戚《しんせき》の家に法事で」

曰《いわ》くありげなふたりの空気を察しているのか。宿の主《あるじ》はじろじろと、直江の後ろに立つ美奈子を窺《うかが》っている。若い男女連れにしては、華やぎもない。隠しきれない悲愴《ひそう》な空気が、かえって駆け落ちでもしているように見せるのだろうか。

「……。誰にも言わんとですよ」

煙草《たばこ》を吹かしながら、主人は折り目だらけの新聞に目を落として言った。

「駅前の素泊まり宿に泊まるワケアリ客は、珍しかもんでもなか。誰かが探しにきても教えたりはせんですけん」

聞き取りにくい濁声《だみごえ》で告げる。直江は嘘の住所を書き終えて、ペンを置いた。

「……。助かります」

人目につかない配慮なのか、二階の一番奥の部屋をあてがわれた。すでに遅い時間だったため、布団が敷いてある。さすがに二間続きというわけにはいかなかったようだ。仲睦《むつ》まじそうに並べたふたつの枕を見て、直江は溜息《ためいき》をつくと、片方の布団を手前に寄せて、ふたつの布団の間に座卓を置いた。

「夕食はどうしますか。外に出ますか」

いいえ、と美奈子は首を横に振った。

「すみません。私は先に休んでいますので、笠原さんはどうぞ構わず食べに出てください」

疲れ切っているのが声からも伝わる。体も心も。三日ぶりにやっと布団で横になれる。食事よりも一刻も早く体を休ませたいのだろう。

直江は念のため、部屋に防御の結界《けっかい》を張り、外に出た。

裏通りの飲み屋は、そこそこ混んでいた。

煙草の煙がもうもうと立ちこめ、がやがやと騒がしい。カウンターの隅《すみ》に座って食事になりそうなものだけを頼むと、飛び交う方言を縫《ぬ》うようにして聞こえてくるラジオの声に耳を傾けた。

ニュースが、阿津田《あつだ》商事の絡む疑獄《ぎごく》事件を伝えている。発覚してからこっち、ずいぶんと大きな騒ぎに発展した。あのしたたかな織田ですら、続報を潰《つぶ》せずにいるくらいだ。滝田《たきた》たち報道屋が、様々な圧力と戦い、命がけで奔走《ほんそう》している姿が目に浮かんだ。

一方で、加瀬賢三《かせけんぞう》という「過激分子」の噂《うわさ》は、みるみる尾鰭《おひれ》がついて、ひとり歩きしていく。

週刊誌のゴシップ記事にも取り上げられるくらいだ。「殺人犬」「悪の権化《ごんげ》」と書きたてられる一方で、一部では、得体の知れない地下水脈から現れた「悪役英雄」とでもいうような持ち上げられ方までされている。

そう持ち上げるのはかつて学生運動に加わった若者たちに多いようだった。あれだけ日本の国を変えようと声をあげておきながら、結局挫折《ざせつ》し、自分の将来のために日和《ひよ》った大衆と社会に迎合していく後ろめたさを、あたかも「加瀬賢三」という「悪」に託して木っ端《こっぱ》みじんにでもしようとしているかのようだった。

いや、学生たちだけではない。

「加瀬賢三が米軍基地でもん爆破してくれれば、こん日本も変わるとやろなあ！」

「ははは！　よかよか！　ハッパばかけて吹っ飛ばせ！」

炭鉱労働者とおぼしき男たちが、酔って大きな声をあげている。

世の中は空前の好景気だ。〝戦後は終わった〟〝所得倍増〟などと時の首相が明るい未来を口にして音頭《おんど》をとり、経済は膨れあがり、右肩上がりの世の中だ。人々は汗を流せば流した分だけ、幸せになれると信じている。

だが、急激な変化が生む成長痛を、取り除いてくれる医者はこの国にはいない。激流に身も心ももみくちゃにされ、ひずみに潰され……。それぞれが胸に抱える憤懣《ふんまん》やるかたない何かを、背負ってくれるのは加瀬賢三だ、とでも感じるのか。

（よせ）

直江は心の中で呟《つぶや》いた。

（加瀬賢三はそんな男じゃない）

（救世主にもなれるはずはないのに）

ついこの間まで渦中《かちゅう》にいた物事を、傍観者《ぼうかんしゃ》のように眺めている自分が不思議だ。

そして、また思う。

「加瀬賢三」の右腕である自分がなぜ、こんなところにいるのか、と。

宿に戻ってくると、もう部屋は暗く、美奈子は布団に入っている。

こちらに背を向けて眠る美奈子は、寝息も聞こえない。死んだように眠るとはこのことだ。疲労困憊《こんぱい》している。

無理もない。

ただでさえ気詰まりな旅で、直江の足手まといにはなるまいと気を張って、心の休まるいとまもない。そうでなくとも自分を守るために直江が、この切羽詰まった戦況で、戦線離脱したことを気に病み、肩身の狭い思いをしている。

ろくに会話もない男と四六時中、顔をつきあわせるのは苦痛だろう。そうでなくても冷たく接する男だ。そして美奈子は年頃の女だ。ひとりになる時間くらい欲しいはず。先も見えない逃避行は、苦行でしかない。

直江はすりきれた畳《たたみ》の上に座り込み、夜食に、と持ち帰った握り飯を座卓に置くと、薄いカーテンの向こうでちらつく街灯を眺めた。

（つかれた……）

重い体を壁に預ける。

そろそろ手持ちの資金も底をつく。

（なんで俺はここにいる……）

今も仲間たちは織田と戦っている。

なのに、なぜ、俺でなければならなかった？

長秀《ながひで》の戦闘スキル、晴家《はるいえ》の霊査《れいさ》スキル、勝長《かつなが》の修法スキル。確かに、そのどれが欠けても、対「産子根針法《うぶこねばりほう》」は機能しない。冷静に考えれば、確かにこの任務には自分が適任だ。

（そう、任務）

任務だと割り切ることだ。

織田は美奈子を欲している。最強の産女《うぶめ》となすために。

だから守る。守る人間が要る。ただそれだけだ。狙《ねら》われたのが美奈子ではなく他の女だったとしても、自分は同じようにその女を守っただろう。

思惑など余計なことだ。ただそれだけだ。それだけ。

だが堂々巡りする思考を断つには、あまりにも、考える時間がありすぎる。

——美奈子をつれて、遠くに行け。

(あの人は、本当に何も気づいていないのか……)

この自分が、美奈子をどう思っているか。

頼む。景虎の前から消えてくれ、一刻も早く消えてくれ。おまえは危険だ。あの人の何もかもを、俺から奪い去ってしまう。今すぐどこかへ消えてくれ。俺たちの前から消えてくれ。呪《のろ》うように願ってきた。

(そんな男の手に身柄を預けるなんて……)

いくら本音を押し殺して忠臣の顔をしていても、ドス黒い感情が、外に滲《にじ》み出ないわけがないだろうに。

その一方で、この状況は、むしろ都合が良いことではないか、とも思う。

今はもう、美奈子は手の内だ。ここでは景虎ですら、手出しはできない。

どこまでも加瀬のそばを離れない、とおまえが言うのなら、この俺が連れ去ろう。どこまでも追いかけてくる、と言うのなら、俺が引き離そう。

あのふたりを引き裂けるなら、喜んで連れ去ろう。たとえ、そのために自分自身も景虎のそばを長くことになっても、それで美奈子をこれ以上近づけないで済むなら、望むところだ。ふたりの距離を遠ざけられるなら。

そのまま遠くへ連れ去って、そして――。

人知れず、この世から……。


直江は冷淡な眼差《まなざ》しになって、眠っている美奈子の背中を眺める。

よくも無防備に眠っていられるものだ。

(本当に、何も気づいていないのか。おまえたちは)

たとえ気づいていたとしても、景虎はおそらく理由を取り違えている。

なぜ、自分がこれほどまで、ふたりの仲に反発していたのか。その理由を。

(それが後見人のつとめだから、だとでも……?)

(戦《いくさ》のさなかだから?　主人の心を乱す美奈子を、取り上げようとしているとでも……?)

そんなまっとうな「忠臣の善意」であるわけがないだろう。いや。果たして忠臣であった瞬間が、この自分にあったか?　清冽《せいれつ》で曇りなき忠誠心など、四百年間で、抱いたためしがあったか?

忠誠心などと美しいものではなく、ただの執着心であったことなど。

(気づかれては……ならない)

忠誠と反発の間で曇り続けたその鏡に、映し出された欲望の、本当の姿を。鮮明に輪郭《りんかく》をなした、醜《みにく》いばかりの欲望を。

美奈子というスクレーパーが露を払い、直江に真実を見せつけた。

ちらちら、と外のネオンが壁に映る。

煙草の匂いが染みこんだ壁を、享楽的《きょうらく》な色に染める。美奈子は眠っている。直江の中で静かに育ち続ける暗い殺意にも気づかず。

いっそ今、やってしまおうか。

美奈子は眠っている。

その細い首を絞めてしまえば、たちまち終わる。眠っている今ならば、そう苦しまずに終われるだろう。今しかない。

(おまえが触れたからだ。美奈子)

景虎の、魂《たましい》に。

願ってきたのは、あの魂が孤独であることだけだ。どこまでも孤独であり続けてくれ。誰にも心は許さず、親しい者にも線を引いて、誰にも与えず理解させず、満たされることもなく、ひとり荒野の真ん中で、天を見上げていてくれ。そうすれば、たとえ自分の願いが果たされずとも、心は静穏《せいおん》を保ち続けられる。嫉妬《しっと》で身悶《みもだ》えずに済む。

自分のものにならないのなら、誰のものにもならないでくれ、と。

永遠にならないでくれ、と。

（おまえがなにもかも壊したんだ。美奈子！）

景虎は、見つけてしまった。孤独から抜け出せる道を。満たされてしまう術《すべ》を。自らと同じ強さをもつ「魂のつがい」を見つけ、そして選んだ。女の肉体だろうが男の肉体だろうが、関係ない。自分と釣り合う唯一の、一対の魂を――。

手放せるわけがない。

安らぎの場所を、美奈子は与えることができた。それは直江にだけは決して与えられないものだった。

心ほどける場所を、美奈子は作り出すことができた。それは直江にだけは決して作り出せないものだった。

（俺にできたことは何だ。あの人から逃げ場を奪うことだけだったじゃないか）

これは報《むく》いか。景虎の身も心も縛りつけようとして、追いつめ続けてきたことへの。

景虎が愛する女を、この手で守る。身を挺《てい》して、守る。

耐えられるわけがない……！

（もういい。これで終わりだ！）

直江は震える両手をのばした。眠っている美奈子の首を摑《つか》もうと。

（おまえさえいなくなれば、俺の苦しみも終わる）

——おまえはオレが、この世で一番信じている男だからだ！

指先がその白い首に触れかけたところで、直江の手は止まってしまう。

（なぜ、あの場で言えてしまうのだ、あなたは……！）

互いに本音をぶつけあうべき、あの場面で。

この自分にいま美奈子を預ければ、美奈子を存在ごと消し去ってしまいかねない。そういう危険について、一度も頭をかすめなかったわけがないだろうに。

「……なんなのだ、あなたは……っ」

全幅の信頼を示したつもりか。

ひとをさんざん翻弄《ほんろう》して、口を開けば挑発と皮肉。突き放したかと思えば、縛りつけ、頭をあげようとすれば、力尽くで押さえつけてきたくせに。信じているだと？　まともな神経じゃない。ひとかけらの良心でもあるのなら、あんな場面で言ったりしない。言えっこない。言われたところで信じない。その場しのぎの、とってつけたような信頼。だけど——。

（そうじゃないと、……俺にはわかってしまう！）

直江は力尽きたように、美奈子の喉《のど》へとのばしかけた両手を、膝に落とした。

うなだれて震え始めてしまう。

泣いているのではない。笑っているのだ。自分を。

天井をあおぎ、笑い続ける。みじめで滑稽《こっけい》な自分を。

嘲笑《ちょうしょう》するだけだ。美奈子を殺《あや》めることもできない自分を。


いっそ口先だけの言葉なら、よかった。

その濁《にご》りなき信頼に、窒息《ちっそく》させられる。

＊

織田はとうとう最終兵器を手に入れた。

「産子根針法」。

その破壊力は、夜叉衆《やしゃしゅう》の想定を遥《はる》かに超えるものだった。

歴代天皇家だけが修することを許された禁断の呪法《じゅほう》だ。日本中の霊山をひとりの人間が掌握《しょうあく》する、最凶の邪法《じゃほう》だった。

その破壊力は凄《すさ》まじく、東京での上杉《うえすぎ》の拠点だった松川《まつかわ》神社を、周辺一帯ごと吹っ飛ばした。

まさに「神の雷《いかづち》」だ。霊山に満ちる霊気を凝縮《ぎょうしゅく》し、ああまで物理的な破壊力に変換する呪法は他に類を見ない。それでもまだ百%《パーセント》ではなかったというのだから、おそろしい。

そんな中、勝長が保護した「石太郎《いしたろう》」という乳児。

織田方は「奇妙丸《きみょうまる》」と呼んでいた。

おそらく信長《のぶなが》の――朽木《くちき》の血を引く子なのだろう。その奇妙丸が掌《てのひら》に包んでいた「仏性石《ぶっしょうせき》」なる不思議な丸石。

――あとふたり、うぶこを集めよ。その手の石を集めよ。

――三つの仏性石を集めた者が、ごりょうを統べる。ひのやまのはらより、みろくはうまれん。

――みろくをうめ。みろくのみがまおうを……。

奇妙丸のメッセージだ。晴家の口を借りて伝えてきた。

三人の産子が手にした三つの石を集めることが、信長を討つ唯一の手立てだと。

それを受けて、夜叉衆は動いた。残りのふたりを探す。それが起死回生の一手に繋《つな》がるかもしれないからだ。

その一方で、織田の上杉潰しは苛烈《かれつ》を極めている。景虎は徹底抗戦を貫き、景虎と志《こころざし》を同じくする滝田たちも、疑獄事件という切り口を得て、織田を社会的に抹殺《まっさつ》すべくそれぞれの戦いを始めている。正念場を迎えている。

むろん、夜叉衆の最終目的は、織田信長とそれに連なる死者たちの《調伏《ちょうぶく》》だ。

だが、討つべき信長は《破魂波《はこんは》》という最悪の力を擁《よう》する。

ひとの霊魂《れいこん》を、魂核《こんかく》ごと破壊する恐るべき力は、夜叉衆にとって脅威《きょうい》でしかない。それをくらえば、二度と、換生《かんしょう》はおろか転生もできなくなるのだ。文字通り「消滅」だ。

信長は、「神の雷」と「破魂の力」、その両方を手にした。いつ頭上から絶望の光が落ちてくるかわからない恐怖の中で、夜叉衆は信長《調伏》を果たさなければならない。

直江は美奈子を守るため、戦線から外れた。戦いの終結まで逃げ切る。織田の追跡をかわし、信長の《調伏》が果たされる日まで美奈子を守りきることがゴールだ。

それは、何カ月先か、それとも何年先か。

見当もつかない。

*

翌朝、ふたりは宿を発った。

直江は郵便局に立ち寄り、資金を受け取り、電話局に頼んで電報を打った。石手寺《いしてじ》にいる勝長と連絡をとるためだ。その途中、ふと小さな本屋が目にとまった。

美奈子のために本を買おうと思ったのだ。気詰まりな旅を少しでも癒《い》やすための配慮だった。好きな本を買ってくれ、と金を渡すと、美奈子は戸惑い気味に書棚の前に立った。若い女性向けの婦人雑誌でも選ぶか、と思いきや、美奈子が手に取ったのは小説だった。中島敦《なかじまあつし》だ。好きなのだという。少し意外だった。

「小説は、一冊あれば、何度でも読み返せますから……」

そういうものか、と思い、直江も書棚を眺めた。本を読めば、なにか今の心の答えになる言葉でも見つけられるかと思い、見回したが、ふと目に飛び込んできたのは「堕落論《だらくろん》」という三文字が記された背表紙だった。坂口安吾《さかぐちあんご》だった。

手に取りかけたが、やめた。

心を惹《ひ》かれるが、いま読むべき本ではない、と思ったのだ。

下手にその言葉に触れて、心の琴線《きんせん》が揺さぶられることを恐れた。言葉は時に猛毒をもつ。煽《あお》られ、勢いをつけられて、せっかく胸の奥に閉じ込めていたものどもが、息を吹き返しそうになる。危険なのはいつだって言葉なのだ。

結局買ったのは、週刊誌だ。

俗世間の有象無象《うぞうむぞう》が詰まったそれを手にすることで、煮詰まる心を散らそうとした。だが、そういう雑音に背を向けて、人の心の機微《きび》を精細に描く小説を求めた美奈子は、閉ざされた世界で、いったい何を研《と》ぎ澄《す》まそうというのか。

それとも単純に、もう興味がなくなってしまったのか。

俗世間というものに。

尼僧《にそう》をつれているような、そんな思いがする。

美奈子はおそらく景虎と別れて、自らの夢や欲望までも捨ててしまったのだ。

＊

目指す家は、阿蘇《あそ》にある。

阿蘇は熊本《くまもと》市の東。国道五十七号線をひたすら走ること、二時間。その入り口にあたる立野《たての》火口瀬《かこうせ》は、まるで阿蘇の門だ。昔、大きな湖だったという阿蘇の巨大カルデラは、天然のダムだった。それが決壊して水が流れ出したのが、立野だ。やがて広大な盆地となった阿蘇は、地形に今もその名残が見られる。カルデラの中央には、阿蘇五岳《あそごがく》と呼ばれる活火山がそびえ立ち、それらを総称したのが「阿蘇山《あそさん》」だ。

高岳《たかだけ》、中岳《なかだけ》、根子岳《ねこだけ》、烏帽子岳《えぼしだけ》、杵島岳《きしまだけ》。今も活動している中岳の火口からは、今日もうっすらと噴煙《ふんえん》が立ち上っている。

山の上のほうではもう紅葉《こうよう》が始まっているが、里はまだ天目山《てんもくざん》のあたりよりいくらか遅いようで、樹木が青々としている。晩秋の気配が漂《ただよ》っていた八ヶ岳の高原からは、季節が後戻りしたかのようだ。

田舎のバスは、ひどく揺れた。

ろくに舗装されていない、ぬかるみだらけの道を、ボンネットバスは悪戦苦闘しながら進んでいく。上下に揺れたかと思えば、左右に揺れて、まるで荒海の中の船だ。

慣れない田舎のバスに、美奈子は酔ったのか、ますます青白い顔をして、ぐったりとして見えた。

五十分かけて到着したバス停は、杵島岳の麓にあった。

ここからは徒歩だ。

「少し休んでから行きますか」

「いえ」

美奈子は具合が悪そうだったが、揺れから解放されたのがよかったらしい。

「大丈夫です。歩きます」

「ここから一時間ほど歩きます」

「一時間」

「山道になります。足下が悪いので、気をつけて」

美奈子の荷物を持ち、先を歩き出す。直江の歩調についてこられない美奈子は、気がつくとだいぶ後ろにいる。気遣っても、すぐに引き離される。細いパンプスでは、ぬかるみのでこぼこ道を歩くのすら大変そうだ。

だが、弱音を吐くことはない。

足下が汚れるのも厭《いと》わず、歩き続ける。存外、根性がある。プロのピアニストを目指していた。負けず嫌いなのだ。

山間にうっすらと煙が立ち上っているのが見えた。炭焼き小屋だ。

そのそばに、少し大きな建て構えの日本家屋がある。表札には「柳楽《やぎら》」とある。

コン、コン、コン……と家の中から、何かを叩《たた》く音が聞こえた。ガラス戸から覗《のぞ》き込むと、広い土間になっていて、老人がひとり、丸太と向き合っている。手にはノミと槌《つち》を握って、丸太へと打ち込む。

足下には大小の木くずが無数にちらばっている。

そのひとは彫刻家のようだった。

手を休めたところを見計らって、直江は「ごめんください」と引き戸をあけた。

口元に白髭《ひげ》をたくわえた老人は、竹筒の水を飲んでいた。

「柳楽順慶《じゅんけい》さんでいらっしゃいますか」

「ああそうだ。わしが柳楽だが」

「笠原尚紀といいます。先日、乃木《のぎ》さんからご連絡をいただいた」

ああ、と言い、柳楽老人はそばにあった手ぬぐいで、汗を拭った。

「電報をもらったよ。乃木くんの遠縁なんだってね……」

乃木というのは、加瀬の変名だ。もう十五年ほど前になるか。かつて柳楽が福岡にいた時、怪事件に巻き込まれ、解決したのが景虎だった。まだ織田が本格的に動き始める前の話だ。

「そこの牛乳瓶《びん》に鍵《かぎ》が入っとる。山荘の鍵だ。好きに使うといい」

これからふたりの隠れ家になる古い山荘は、昔、このあたりが外国商人の避暑地になった頃、建てられたものだという。柳楽は前の持ち主から引き継いで、その管理をしていた。

「……………。これは、神様ですか？」

訊《たず》ねたのは美奈子だった。いつのまにか、壁際に並んでいる木工彫刻に近づいて、しげしげと見ている。

「ああ、そうだよ。それは健磐龍命《たけいわたつのみこと》。阿蘇を作ったという神様だ」

柳楽の得意とするモチーフは神話だった。

「阿蘇は神話に彩《いろど》られた土地でね。その隣が阿蘇都媛命《あそつひめのみこと》。健磐龍命の奥さんだ。景行《けいこう》天皇が熊《くま》襲《そ》征伐《せいばつ》でこの地を通りかかった時、あまりにもひたすら草原が広がるばかりだったので『この国には人なきや』と声をかけてたら、夫婦二神が現れて『われらふたりあり、何《あ》そ人なきといわんや』と答えたところから、〝阿蘇〟と名付けられたという伝説がある」

いま制作中の作品は、男女がふたり並んでいる。みずらを結った青年と髪の長い女が寄り添うように佇《たたず》んでいる。健磐龍命と阿蘇都媛命だ。

ふたりが阿蘇の草原に出現した、まさにその時の姿を、彫り込んだという。

服ははためき、髪をなびかせ、足下には炎とも草ともつかぬものが無数に燃え立っている。青年は凜々《りり》しく、毅然《きぜん》と顎《あご》をあげて、引き締まった口元は今にも語りかけてきそうだ。娘は水仙の花を持っていて、かかとを軽く浮かせている。歩み出す寸前を思わせる。

アーモンド形の瞳はどこか白鳳仏《はくほうぶつ》の香りがする。緩《ゆる》くうねる髪束の、独特の表現が、いかにも神秘的だった。

美奈子は心を奪われたように、見入っている。

「これはもうすぐ完成するのですか」

「いや。まだひと月はかかるかな……」

「ひと月……」

「ああ。気になったら、また見においで」

美奈子がこの像に惹かれる理由が、直江には読み取れる。健磐龍命の顔立ちが加瀬賢三に似ているのだ。

美奈子は手を伸ばしかけて、すぐに指を折りたたんだ。

想いを飲み込むように。


柳楽から鍵を受け取ったふたりは、これから隠れ家となる山荘へ向かった。

鬱蒼《うっそう》とした林道をあがったところにある。

山中に突然、石積みの門扉《もんぴ》が現れた。古びた平屋の家が建っている。煉瓦《れんが》造りでドアにはステンドグラスがはまっている、大正時代に作られた和洋折衷《わようせっちゅう》の山荘だ。

屋根から煙突《えんとつ》が突き出ている。

リビングには暖炉《だんろ》があり、寝室はふたつ。

だが、家具はどれも埃《ほこり》をかぶっていて、天井には蜘蛛《くも》の巣まで張っている。

電気も水道も通っていない。まずはこの廃屋を、人が生活できる「住《す》み処《か》」にすることが先決だった。

「裏のポンプが使えるか、見てきます。美奈子さんは少し休んでいてください」

「いいえ。手伝います」

気持ちが塞《ふさ》ぐ時は、かえって立ち働いているほうが気が紛《まぎ》れる。

美奈子は柳楽から借りた道具で掃除を始めた。良家の子女となったのは養女になってからで、もともとは下町育ちだ。掃除をさせれば、手際がいい。虫の死骸《しがい》にも悲鳴ひとつあげず、片づけていく。

そんな美奈子が、リビングの奥で布をかぶっている家具に気づいた。布をどけてみると、現れたのは、黒いアップライトピアノだ。

「あ……」

一瞬、美奈子の瞳が輝いた。が、すぐに伏せた。また布をかぶせてしまった。

隠れ家に身を潜める身で、楽器演奏など、そもそもありえない。

そう思ったのだろう。

直江は見て見ぬふりをして、床を拭き始める。

人心地つける程度に片づく頃には、辺りは真っ暗になっていた。ランプの明かりだけを頼りに掃除をしていると、柳楽が握り飯と毛布をもってやってきた。

「夜は冷える。石油ストーブを運んできたから、寒かったら使いなさい」

「ありがとうございます」

ふたりがここに来た事情も、柳楽はろくに聞かない。その無関心がありがたい。

寝室の掃除まで手が回らなかったので、その日はソファで休むことにした。

*

阿蘇での隠棲《いんせい》生活が始まった。

深い山林にひっそりと建つ古い山荘だ。鬱蒼とした木々に囲まれて、日が差すのは朝のほんの数時間のみ。生活感を極力なくし、できるだけ人目にはつかぬよう、息を潜めて、ふたりは暮らし始めた。

訪れる者もいない。

顔を合わせる他者は、唯一、柳楽老人だけだ。

柳楽もひとり暮らしで、家族はいない。終戦から間もなく妻を亡くして以来、山に籠《こ》もってひたすら彫刻と向き合う日々だ。

食料調達には十日に一度ほど出かけるが、それ以外は山荘に籠もっている。

ひとつのところに落ち着く安心感こそあったが、ここもいつ織田に知られるか、わからない。警戒だけは怠《おこた》らない。

結界を何重にも張り巡らし、霊を近づけないための仕掛けもほどこした。それでも心許なくて、直江は日々、山に仕掛けた呪具《じゅぐ》を巡っては、怪しいものが近づいた形跡がないか、確認する。追っ手は生きた人間とも限らないからだ。

美奈子は、隠棲生活をしのぐために編み物を始めた。時折、柳楽老人のもとを訪れて、アトリエの掃除をしたり、家事を手伝ったりしているようだ。

ようだ、というのは、直江自身がほとんど家にいないせいもある。

日中は山にいる。

山林を歩き回り、木に貼《は》り付けた札をひとつひとつ回って、異常がないか、確かめる。

結界の見回り、というのは、口実だった。なるだけ美奈子と顔を合わせないように、できるだけ外に出る。口実があるのは、ありがたい。

ふたりきりが気詰まり、というのもある。

だが、それ以上に単純に、美奈子に無関心であり続けたかった。

思い詰めると、美奈子への悪意に心があっという間に染まる。景虎に選ばれた人間を、どうにかやりこめたい衝動が、頭をもたげてしまう。それを恐れている。

自制していても、なんの拍子に害意に身を明け渡してしまうか、わからないから、怖いのだ。

山林の細い獣道《けものみち》を歩きながら、直江は悶々《もんもん》とする自分をもてあます。

森の澄んだ空気に身を置けば、少しは気が紛れるかと思ったが、吹っ切ることも割り切ることも気が晴れることもない。暗い山道を延々とさまよう姿は、心そのままだ。

疲れても歩みを止めることができない。鳥のさえずりは耳に届かず、聞こえるのは景虎の声だけだ。

――美奈子を守ることが、オレを守ることだと思え。

「ばかなことを……」

直江はひとりごちて、ブナの幹《みき》に手をあて、肩で荒い息をしながらうなだれた。

「だったら、美奈子を殺すことは、あなたを殺すことなのか」

――おまえはきっと、オレを守るように美奈子を守る。

――おまえはオレの意志を何よりも尊重できる人間だ。

「とんだ買いかぶりだ……」

漏《も》れるのは自嘲《じちょう》の笑みだけだ。

「そんな言葉で、俺にどんな呪いをかけたつもりなんだ……っ」

景虎の言葉だけをあれから何度反芻したことだろう。何千回？　何万回？　夢の中でまで繰り返す。もうこれは立派な呪いじゃないか。

「……そうか。呪いか」

不意に、明確にさとった。

あれはやはり歯止めのための呪詛《じゅそ》だったのだ。直江が暗い衝動にかられて美奈子に危害を加えたりしないよう、「あるべき臣下の姿」という最も正しい呪詛の言葉で、強力な歯止めをかけたつもりにちがいない。

やはり景虎は皆、お見通しだったのだ。なにもかも気づいていたのだ。

この自分が、美奈子を憎んでいることも。景虎を奪われたと思っていることも。

だって、そうだろう。そうでなきゃおかしい。

景虎はわかっていた。直江は美奈子を織田に売りはしない。ああ、そうだ。売る必要もない。

そんな面倒な真似《まね》をする前に、自分のこの手で、息の根をとめている。

(だからだ。だから、首輪をはめたんだ)

目を覚ませ、目を覚ませ、と訴えてくる。おまえは家臣だ。義を尊ぶ上杉家の忠臣だ。悪の衝動に打ち勝つ男だ。毘沙門天《びしゃもんてん》の義のもとに生きる、忠実で誠実な男だ。どんなに混乱しようとも、おまえは必ず立ち戻る。本来の誠実な人間に立ち戻るおまえを信じる。

――おまえには、できない。

言外にこめたメッセージは、景虎が仕掛けた軛《くびき》だ。

――おまえは誠実な人間だから、美奈子を殺めることなどできない。

「やめろ！」

耳に聞こえる幻聴を薙《な》ぎ払う。

「そんな枷《かせ》でこれ以上、俺の首を絞めるな！　あなたは何もわかっちゃいない！　美奈子が憎いんだ！　殺したいほど憎い！　あなたの心を奪った美奈子が……！」

――ちがうよ、直江。

景虎の声が森の中に響いている。

――おまえは受け入れる。オレたちのことを。

「できるわけがない……俺が欲しいのは！」

――オレと美奈子の、幸福を……。

「そんなもの誰が望むか！　俺が欲しいのは！」

――おまえは誠実な男だから……。

「俺が……ほしいのは……」

直江は木にすがりつくようにして、崩れ、座り込んだ。鬱蒼とした山林は、光もろくにささない。ひんやりと湿った落ち葉は茶色く色褪《あ》せて、手を触れると、腐りかけている。まるで直江自身の心のようだった。

「はは……ははは……」

景虎の影が常に見張っているかのようだ。息が詰まる。

「もう解放してくれ……」

直江はうめくように言った。

妬《ねた》みたくて妬んでいるのではない。誰が好きこのんで、こんな苦しい嫉妬に身を投げるものか。捨てられるものなら捨ててしまいたい。こんな執着など。いっそ無関心になってしまいたい。傷もつかない心が欲しい。

（あなたを手に入れたい……）

直江は両手で顔を覆《おお》った。

（俺だけのものにしたい！）

「……頭が……変になりそうだ……」

独占欲の怪物だ。膨れあがりながら暴れ続けている。

目の前にはいないのに。いない今こそ、景虎の存在感が増していく。これは本当に景虎なのか。それとも自分の脳内で歪《ゆが》めた妄想《もうそう》の産物なのか。

分身の景虎が笑いかけてくる。

もし、いまここに景虎本人が現れたら……。想像するだに恐ろしい。歯止めなんか簡単に砕ける。ブレーキがきかなくなる。俺を選ばないなら奪うだけだ。焼きごてをその胸に押しつけてでも。この男は俺のものだと刻みこむ。魂まで刻み込む焼きごてを……！

（俺はどうなってしまったんだ！）

何をすれば、この心は鎮《しず》まるのか。わからない。四百年も生きてきたくせに。飢《う》えが暴走する。渇きが止まらなくなる。景虎の声に、姿に、気配に。

ここにいるべきは美奈子じゃない。景虎だ。

景虎こそ、あの山荘に監禁してしまえるものなら。

誰の目にも触れさせないところに、永劫《えいごう》、閉じ込めてしまえるならば。

「いつまでこんなことを繰り返していればいいんだ……俺は……！」

吐き出すように叫んで、直江はまたひとり、森の中で身悶える。

出口の見えない暗い森で、獣が独り、吠《ほ》え続ける。

＊

柳楽のアトリエは、美奈子のもうひとつの居場所となった。

三日に一度ほどやってきては、そっと隅の椅子《いす》に腰掛けて、柳楽の作業を見つめている。ノミを打ち込む音がする。太い丸太の中から刻々と刻み出されていく健磐龍命の姿を、美奈子はただ黙って見つめている。

床に木くずが溢《あふ》れていく。

粗いノミの跡が残る木肌は、まだ新鮮で、まるで若い肌のようだ。削られた表面から匂い立つ木の香りが、雑然としたアトリエに広がる。

顎の輪郭がきれいにできたところで、柳楽が槌を置いた。

「……そろそろ、昼飯にしようか」

「はい」

美奈子は味噌汁《みそしる》と握り飯を用意した。柳楽はよく食べる。彫刻とはエネルギーの要る作業なのだろう。
四、五口ほどで握り飯ひとつを平らげると、味噌汁も一息にすすり込む。お椀《わん》を掴む腕にはたくましく筋肉がつき、血管がくっきりと浮き出ていて、まるで若者のようだ。
「……どうして、ここに来た？」

食後の日本茶を飲み干したところで、柳楽がおもむろに問いかけてきた。

美奈子は目を瞠《みは》った。

「こちらに来ては、ご迷惑でしょうか……」

「そういう意味じゃない。なぜ、彼と一緒に逃げているのかと訊《き》いたんだ」

乃木……こと加瀬からは、詳しい事情は聞いていないようだ。聞かずとも協力できるくらい、加瀬との間には深い信頼関係ができているのだろうが、それでも問わずにいられないほど、ふたりの関係は奇妙に見えたのだろう。

「駆け落ちにしてはよそよそしい。かといって、ただの他人同士でもないようだ。彼は何者なのかね」

「……あの方は、乃木さんの、部下です」

美奈子はあえてそう呼んだ。

「乃木さんの指示で、私を守ってくださっているんです。それ以上のものでは」

そうか、と柳楽はあっさり納得した。わざと聞き流したのかもしれない。

「若い身空で人に追われて、こんなところに逃げてくるなんて、よほどのことがあったんだろう。安心しなさい。こんな山奥の酔狂な彫刻家のところになんて、通ってくる人間もいない。落ち着き先が見つかるまでは、身を潜めていられるだろうよ」

「……………。ありがとうございます」

美奈子はそっと頭を下げた。

柳楽はふと目を和《やわ》らげた。

「君を見ていると、死んだ娘を思い出すよ。ちょうど君くらいの年齢だった」

「娘さん……なくなられたのですか」

「満州《まんしゅう》でね」

柳楽は遠い目になって、棚の上の色褪せた写真を見やった。どこかの写真館で撮ったとおぼしき、家族写真だった。

「開拓団だったんだ。満州で終戦を迎えた。だが、帰国の混乱で娘夫婦とは離ればなれになってしまい、そのまま、とうとう帰ってこなかった」

美奈子も写真を見た。優しい面立ちの娘は、確かに、ふっくらとした頬《ほお》のあたりが美奈子とも似ている。

「そうだったんですね……」

「どんな最期《さいご》を遂げたのか。汽車で移動のさなか、ソ連兵に襲《おそ》われたとも聞くが、確かめる術もない。せめて形見のひとつでも残っていれば、と思うが、それも皆、満州の家に置いてきてしまったからな……」

この一葉の写真だけが、娘の生きていた証《あかし》となってしまったのだ。

柳楽は皺《しわ》の刻まれた口元を曲げて、当時のことを思い返しているのか、遠い眼差しになった。

「……私と妻はどうにか戻ってこれたが、日本にはもう住む家もない。国から与えられた荒れ地を開墾《かいこん》してなんとか暮らし始めたが、作物はろくに育たず、喰《く》うにも困る年が続いた。冬場の出稼ぎでどうにか食いつないできたが、そうこうするうちに妻が病に倒れた……」

苦楽を共にしてきた妻に先立たれ、柳楽はひとりになった。

妻のために仏像を彫りたいと思ったのが、最初だった。その作品がひょんなことで芸大の教授の目にとまり、熱心に勧められて展覧会に出品したところ、これが大きな賞をとった。それからだ。みるみるうちに人気が出て、作品が高値で売れるようになった。

「……東京のサロンでも扱われ、喰うにも困らぬようになり、私も一時は浮かれたがね。売り買いの世界に疲れてしまった。欲望と喧噪《けんそう》にまみれていつしか見失っていた。なんのために作品を生むのかを」

「……」

「魂のための作品をもう一度、作りたいと思ったのだよ」

「鎮魂《ちんこん》……」

美奈子はアトリエにある作品を見回して言った。

「柳楽さんの作品からは、鎮魂を感じます。みんな、なにかを祈っているよう……」

そうかね、と柳楽は白くなった眉を下げた。そして、制作中の木像彫刻に目をやり、深く息を吐いた。

「そう感じるのなら、この阿蘇の大地が、私にそうさせているのかもしれないね」

「阿蘇の大地が……?」

「足下から不思議な力が湧いてくるのを感じる」

木製の脚立に腰掛けて、柳楽は雑然としたアトリエを眺めた。

「最初に彫ったのは、仏像だったが……阿蘇の五岳は遠くから見ると、ひとが寝ているように見えるというんで、釈迦《しゃか》の涅槃《ねはん》像にたとえられるんだよ」

「ねは……ん……?」

「入滅する時の姿だ。お釈迦様が亡くなった時の姿だな」

美奈子は驚いた。奈良の法隆寺《ほうりゅうじ》にある五重塔の像が有名だ。たくさんの弟子《でし》に囲まれて入滅する釈迦の姿は、仏画にも描かれる。

阿蘇の大地に横たわる五岳の姿は、まさにそれだと言い、大きな人間が横になっているように見える。

「阿蘇というのは、涅槃の大地なんだ。涅槃。わかるかい？」

「いえ……」

「涅槃というのは、煩悩《ぼんのう》が消滅した境地のことだ。一般的には入滅……人が死ぬ時のことを指すが、仏教的には煩悩が消えた安らぎの境地を指すんだよ」

「安らぎ……」

「苦しみが消える時のことだ。人間は生きていれば、ひたすら迷いや苦しみから逃れられないが、それから解き放たれるという意味でもある」

「死は、安らぎなのですか」

「そうであってほしいと、私は願うよ」

柳楽は作りかけの神の木像を眺めて言った。

「……満州で死んだ娘も、病で亡くなった妻も、死んで安らかになったのだと思いたい。死は苦しみではなく、永遠の安らぎであってほしいと願う。そう願って像を彫る。私の彫る像が、鎮魂であるというなら、永久の安らぎを祈る想いの表れだろうな」

美奈子は、柳楽のごつごつとした皺だらけの太い指を見た。二度の開拓で、苦労に苦労を重ねてきた手だ。やせた不毛な荒れ地を耕し耕し耕し続けて、作物の実る大地へと変えてきた。その手と、自分の細い指を見比べて、自分のひ弱さを噛みしめている。

ピアノを弾き、音楽を奏で続けてきたこの手は、だが、無力だと感じている。形なきものばかりを生んできた自分が、虚《むな》しいもののように感じている。

柳楽の手は、たくましい。大地を耕し、作物を育て、祈りを形にしてきた強い手だと感じた。逃げて守られているだけの自分の頼りなさは、このひ弱な手にも表れている。

美奈子は作りかけの木像を見た。加瀬に似た面影をもつ、不思議な像だ。

「何か気になるかい」

「あの……。その像、どなたかモデルはいらっしゃるんですか」

加瀬……いや乃木に似ていると指摘すると、ああ、と柳楽もいま気づいたように像を振り返った。

「特に意識をしたわけではないが、そういえば、似てるな」

阿蘇の大地をイメージして人格化した時に、自然とこうなっていたのだという。

「……奇妙に忘れられない男だったよ。陰《かげ》のある奴《やつ》だったが、心の底に揺るがない信念をもっていた。陰といっても陰気というのとはちがう。まるで夜に見る、噴火する中岳の火映のようなな」

「火映……？」

「山に垂れ込めた雲に映る、火口の赤熱現象のことだ。暗い夜空がそこだけ赤く燃えているんだ……」

中岳の上空に現れた怪光に、古代の人々は神を見た。その火映こそ健磐龍命の姿なのだ。加瀬の面影が木像にも反映されたのは、そんなイメージのせいだった。

「夜空を焦がす炎だ……。まさに」

柳楽の言葉が、美奈子には理解できた。深い闇夜《やみよ》に浮かぶ天の炎……。赤く激しく、それはまさに加瀬そのものだと感じたのだ。

「中岳の……火映」

見てみたい、と美奈子は思った。だが、ここからだと角度的に中岳火口のあたりを見るのは難しい。

「大観峰《だいかんぼう》に行ってみるといいよ」

「だいかんぼう……というのは、どこにあるのですか」

北阿蘇の外輪山《がいりんざん》にある。カルデラ壁が岬《みさき》のように突きだしていて、阿蘇五岳はもちろんのこと、阿蘇の村や町が一望できる場所だ。そこから見る涅槃像は雄大で、雲海《うんかい》が出ている時などは、綿の褥《しとね》に釈迦が横たわっているかのように見える。

「もしくは草千里《くさせんり》だな。中岳に近いから赤熱現象もよく見える」

中岳は、昭和三十三年に突然の大爆発を起こして、火口近くにいた作業員が犠牲になっていた。数年おきに活動期と静穏期を繰り返す活火山だ。

「今は、やや小康状態だから、火映を見るのは難しいかもしれんが……」

そうですか、と美奈子は小さな声で言った。どの道、そんなところまでは行けない。身を潜めているのだ。潜伏生活をしている人間が、観光気分で歩き回ることはできなかった。

「でも、いつか見てみたい……」

赤く燃える闇夜の空を。

そんなふうに思う美奈子の横顔を、柳楽がじっと見つめている。

視線に気づいた美奈子が「なにか?」と訊ねると、柳楽は「いや」と首を振った。

「なんでもない……。それよりも、君は彫刻などはしたことがあるかね」

「彫刻ですか。いえ」

ピアノ奏者なので、刃物の類《たぐい》はできるだけ扱わないよう、きつく言われていた。万一にも指を怪我《けが》してはならないからだ。料理中も、細心の注意を払わねばならなかった。

「そうか。だとすると、彫刻以外がいいかもな。絵はどうだ」

「絵は……苦手ですが、嫌いではありません」

「そうか。ではやってみるといい」

柳楽が画材置き場から持ってきたのは、水彩絵の具とスケッチブックだ。

「日がな閉じこもっているのも、よくないだろう。身の回りのものを描いてごらん。そして、描き上がったら私に見せてくれ」

「でも……私、絵は本当に下手で、ひとにお見せできるようなものでは」

「なに。上手下手は関係ない。丁寧に心を込めれば、そのひとなりの味わいが出るものだよ」

柳楽は娘を見るような眼差しで美奈子を見、うなずいた。

「創作は心の慰めになる。持って行きなさい」

「ありがとうございます」

美奈子は戸惑いながらも受け取った。

何も描かれていない真っ白なスケッチブックは、不思議と美奈子の心にまぶしく映った。

＊

美奈子が山荘に帰ってきたのは、もう日はだいぶ傾き、薄暗くなり始めた頃だった。

人気《ひとけ》のない山荘は暗く、物音もしない。夕暮れ時になるとますます陰鬱《いんうつ》さが増す。

そっと玄関を開けると、男物の靴がひとつ。ふと顔をあげると、廊下の壁にもたれかかるようにして直江が待っていた。

「……また柳楽さんの家に行っていたのですか」

直江は無表情で問いかけた。

美奈子はうつむいてしまう。

「わかっているんですか。美奈子さん。私たちは追われている身です。柳楽老人は口の堅い方だとは思いますが、あまり親しくなるのはどうかと」

「そう、でしたね……」

「それに私たちと関わっていると敵に知られるだけで、相手の身に危険が及びます。親切に甘えて親しくはなりすぎないよう。無関係のひとを巻き添えにしたくなければ」

美奈子は「はい」とか細く答えた。その手にあるスケッチブックと水彩絵の具に、直江は気づいた。だが、見ないふりをした。

「夕食を用意しておきました。私はまだ仕事があるので、先に食べていてください」

そう言うと、直江は自分の部屋に戻った。


美奈子がいつ食事を終えたのかは、わからない。

直江が護身札《ごしんふだ》を編《あ》む作業を終えて、居間に出てきた時には、もう食器はきれいに片づけられて、「ごちそうさまでした」とメモが置かれている。

居間を挟んで反対側にある美奈子の部屋からは、物音ひとつしない。

もう眠ったのだろうか。

直江は椅子に腰掛けて、柳楽が持たせてくれた瓶ビールをあけようとしたが、栓《せん》抜きがないことに気づいた。思わず溜息が漏れたが、これでいいのかもしれないとも思った。

いま一口でもアルコールを入れたら、どこまでも酒に溺《おぼ》れてしまいそうで、怖い。

（いっそ、そうできたなら……）

柳楽という人物と会えたことは、美奈子にとっては幸運なことだった。

偏屈な変わり者というイメージだったが、不思議とうまがあったのだろう。美術と音楽、畑は違うが、表現者である者同士、何かしらのシンパシィを感じるのだろうか。

美奈子は気が休まる場所を得て、ここ数日、表情がいくらか和らいだ。

気詰まりな直江との生活に、ようやくほっとする時間を作れた。そんな気持ちだろうに。

（憎まれ役は、慣れているさ）

直江の理屈は、正論ではある。だが、本当にそれだけだろうか。

美奈子から安らぎを奪うことに、一抹《いちまつ》の悪意もなかった、と言えるか。

窒息させてしまおう、と思ったのではないのか。

直江は窓を見やった。

山荘の夜は、静かすぎる。互いの気配だけが、いやでも感知できてしまう。

リビングの隅に古いアップライトピアノがある。

布はかぶせたままだ。ピアニストである美奈子ならば、鍵盤《けんばん》に触れたくてたまらないだろうに、音を立てることはできないと自制しているのだ。自分から。

彼女の演奏は、感情の発露《はつろ》でもあった。悲しみも苦しみも、演奏で語った。

今こそ、鍵盤にぶつけたい想いは、たくさんあるだろうに。

ひたすら気配を消すだけの日々に、いつ、音《ね》を上げてもおかしくはないはずなのに、彼女はどうしてあんなに静穏でいられるのだろう。

（ふたりめの「景虎」――か）

美奈子のそのあり方が「正解」であるかのように感じる。

それは自分が景虎から受ける息苦しさそのものだった。そのあり方から示され続ける「正解」に太刀《たち》打ちできないから、いじけてひねくれた精神は、物陰に逃げ込みたくなる。

彼らが見せつける「正解」をたたき壊したい。

そんなふうに思うのは、長年のいじけ癖がついたこの性分のせいだ。

せめて呑《の》み込めるくらいの器が自分にあれば……。

彼らの「正解」と自分の「正解」は違う、と言い切れる度量があったなら。

敗北感など、いちいち舐《な》めることもなかっただろうに。

「――……どうすれば、あきらめられる……」

あきらめの境地に至れば、何も感じなくなれるのだろうか。

なにを見てもなにを聞いても、心は騒がず、引け目もなく、みじめさでいじけることもなく、嫉妬に身悶えることなく、平穏な心で、愛し合うふたりを支援して祝福できるようになるのだろうか。

（いつしか、そんな境地に……）

たどりつけるものなら、たどりついてみたい。

欲望も嫉妬も悪意も怒りも焦りもなく、ただただ、平らかで穏やかな。

そんな自分になれる日が来るのだろうか。ここにいれば、なれるのだろうか。

（なれなくては）

直江は強く思った。

なにも感じない自分になろう。美奈子のつらさに寄り添って、支えられる存在になろう。一歩下がったところから、受け止められる存在になろう。そうなることを景虎も望んでいる。

いや、望まれるからそうするのではない。そうなることでしか、地獄《じごく》の境地からは逃れられないからだ。いま自分に必要なのは受容しようとする心だけだ。受け容れられる存在になることだけが、荒れ狂う心を鎮める方策だ。

そう振る舞っていれば、いつか心がついてくる。

自分を騙《だま》すのではなく、心ごと、そうなってしまおう。

変われるはずだ。

景虎への執着を、すべて手放した、自分に。
静かに受け容れる自分に。
これはきっと、そうなるために天が与えた時間だ。
地獄から抜け出すための。

（あなたはいま、どうしてる）
窓の向こうに見える、梢《こずえ》の上の北極星に語りかける。
（いまこの時も戦っているのか）

静かすぎる夜は——。
物狂おしさばかりをかき立ててやまない。

第二章　月山の戦場

目の前に立ちはだかった鎧武者《よろいむしゃ》の霊たちは、百を下らなかった。

夜の渓谷《けいこく》には怨霊《おんりょう》のバリケードともいうべきものが築かれていた。その先は小さな滝となっていて、滝壺《たきつぼ》に怨霊があふれかえっている。

景虎《かげとら》と鉄二《てつじ》は、真っ向から対峙《たいじ》した。真夜中の渓谷を月が照らしている。

死して怨霊となった者は、新しいほど生前の姿をよく保っているものだが、目の前にいる鎧武者はすでに白骨となった骸《むくろ》をさらし、半実体化している。霊力の強い結界《けっかい》や霊山では、霊もまた、その影響を受けて力を増しているためだ。

景虎と鉄二を囲んでいる。

「下がってろ、鉄二」

「俺も戦います。加瀬《かせ》さん、戦わせてください！」

鉄二の手には日本刀がある。湯殿山《ゆどのさん》の刀工が打ち上げたものだ。

山麓《さんろく》の神社に預けられていた模造刀《もぞうとう》は刃を潰《つぶ》してあるが、山の霊力がこめられているため、半実体化した霊に対しては有効だった。

　どの道、景虎ひとりでは手に余る。背に腹はかえられない。

「なら、おまえは奴《やつ》らの動きをとめろ。足下を狙《ねら》って崩していけ」

「はい！」

　どす黒い邪気《じゃけ》をまき散らしながら、鎧武者たちは白刃《はくじん》を振りかざし、次々と襲《おそ》いかかってくる。景虎は念で弾き飛ばし、鉄二は刀で斬りかかる。剣道の有段者である鉄二は刀を握っても筋が良い。

「うおおおお！」

　下段構えから打ち払う。鎧武者どもの足を崩して歩行を阻止《そし》する。鉄二の働きはめざましく、まだ激しくは動けない景虎をよく支えた。

　景虎も念で応戦して鎧武者たちを圧倒し、ついに動きを封じ込む。

「加瀬さん……、今です！」

「〝《バイ》〟！」

　外縛《げばく》は一瞬のうちに決まった。百はいるはずの鎧武者たちを、外縛で一絡げにして、印を結ぶ。抵抗する武者たちを恫喝《どうかつ》するように、毘沙門天《びしゃもんてん》の真言《しんごん》を唱《とな》える。

「南無刀八毘沙門天《なむとばつびしゃもんてん》！　悪鬼征伐《あっきせいばつ》、我に御力《おんちから》与えたまえ！　――《調伏《ちょうぶく》》！」

　景虎の掌《てのひら》は、まるでそこに太陽が生まれたかのような閃光《せんこう》を発し、瞬《また》く間に鎧武者たちを包み込んだ。

　こうなってはもう、なすすべもない。怨霊たちは渦《うず》を巻く閃光の中に呑《の》み込まれ、消滅していく。

　光の粒子に溶け込んでこの世ならぬ場所へと吸い込まれていった。

　あたりに闇《やみ》が戻ってきた時には、白く飛沫をあげる滝壺と険《けわ》しい岩山が目の前にあるのみだ。鎧武者の群れはついさっきまで確かにいたが、幻《まぼろし》のように消え去った。

「やりました、加瀬さん！　怨霊ども全部片づけ……加瀬さん！」

　その場でがくりと膝《ひざ》をついた景虎に、鉄二が駆け寄った。体力が著《いちじる》しく落ちている。一度の《調伏》で体力を持っていかれて、立ちあがるのも困難なほどだ。

「つかまってください、立てますか」

「……すまない。みっともないところを見せて」

「とんでもない。無理しないでくださいよ、まだ怪我も治りきっていないのに」

「織田《おだ》め、こうも厳重に守りを重ねているとは……」

　景虎は眉間《みけん》に苦渋《くじゅう》を浮かべている。

「怨霊の壁のつもりか……。どこからこんなに集めてきた」

　進めど進めど、怨霊のバリケードが待ち受けていて、きりがない。さすがの景虎も苦り切っている。

「そうこうしてる間に、月山《がっさん》を信長《のぶなが》にとられてしまう。のんびりしてる暇はない。湯殿山はもうすぐそこだ。行くぞ。鉄二」

景虎と鉄二が目指す場所は、山形県にある霊山だ。

織田が成そうとしている産子根針法《うぶこねばり》を阻止するため、夜叉衆《やしゃしゅう》は各地に散った。呪法《じゅほう》の礎体《そたい》とされた赤子を救い出すべく、探索を続けている。

景虎が最初に向かった先は、霊峰富士《れいほうふじ》だった。

根針法は生きた赤子を地中に埋めて、霊力を集める邪法《じゃほう》だ。富士では、今まさにこれから行われようとしていた根針の儀を、事前に阻止することに成功した。

そこで生け捕りにした織田の《鵺《ぬえ》》から、根針法の壇《だん》が据《す》えられた地を聞き出し、その足で山形に向かった景虎たちだ。

根針法は、霊山から延びる霊脈上に呪法の壇を据え、その地の霊力を根こそぎ、呪者へと引っ張り込む。その大元となる呪者は「大呪者」――すなわち信長だ。信長の血を引く赤子を据えて、血脈の霊力で、互いを繋《つな》ぎあう。

そのための壇を据える「小呪者」は、織田の息がかかった霊能力者だ。六王教《ろくおうきょう》の者が担《にな》っていた。

「この先はどうだ。怨霊たちはいるか」

「いま、みてみます……」

鉄二の特殊能力は、透視と遠見だ。肉眼では見えないところを、心の目で見ることができる。

「大丈夫です。この先、三キロほどは何もいないようです」

「よし。行くぞ」

渓谷沿いの険しい細道を進んでいく。

怪我が癒《い》えたとは言っても、まだ完調には程遠く、富士での戦いからの疲労も、色濃く残っている。それでも自分に鞭《むち》打つようにして前に進んでいく加瀬の姿に、鉄二は困惑を通り越して、不安で仕方がない。

「待ってください。壇があるのは月山じゃないんですか。なんで湯殿山に来たんですか」

景虎は答えない。

滝の上にあがってさらに先を目指そうとしていた、その時だった。

不意に背後の岩場から、まるで間欠泉《かんけつせん》でも噴き上げたかのように強い霊気が出現した。振り返った景虎と鉄二は息を呑んだ。

「なんだ……っ、あれは！」

猛烈な蒸気とともに現れたのは、巨大な鬼だ。鎧を纏《まと》う鬼の姿ではないか。

「ひぃっ！　化け物……！」

「ちがう。霊だ」

景虎は瞬時に見分けた。この渓谷の「主」だろう。あの怨霊たちを束ねていたのも、この怨霊だろう。強い邪気を放つ、非業《ひごう》の死を遂げた霊だ。霊磁場に集まる霊気を吸いこんで、どこまでも肥大《ひだい》化した集合霊だ。

鎧鬼《よろいおに》が咆哮《ほうこう》をあげる。凄《すさ》まじい殺気と霊気が瞬時に膨れあがるのを景虎は感じた。

「おまえは逃げろ！　鉄二！」

だが鉄二は腰を抜かしたまま動けない。

景虎は《力《りょく》》で対抗する。

尽きた体力を振り絞り、鎧鬼に立ち向かう。だが鎧鬼の巨軀《きょく》は、景虎の念をくらってもいっこうに沈まない。力を削られて弱まる気配もない。

ごおっと空間が歪《ゆが》むような衝撃が走り、鎧鬼が念を使った。渓谷中の川原石が、まるで重力を失ったかのように一斉に浮かび上がったのを見て、息を呑んだ。

「加瀬さん……！」

何万もの石が景虎めがけて襲いかかる。

景虎は《護身波《ごしんは》》で鉄二ごと守りきったが、最後の最後まで保持しきれなかった。衝撃を受け止めきれず、倒れ込んだ。

「加瀬さん！　しっかりしてください、加瀬さん！」

だが鎧鬼は容赦《ようしゃ》しない。一度は落ちた川原石が再び浮き上がる。

凄まじい量だ。

あんなものをまともにくらっては即死をまぬがれない。鉄二は悲鳴をあげた。

「ひい！」

「我はつがえん、正義の弓を——懲伏《ちょうぶく》の矢を！　この手に賜《たま》われ！」

え？　と鉄二は目を見開いた。加瀬ではない。太い男の声だ。

稲光《いなびかり》と轟音《ごうおん》が辺りを覆《おお》い、地面が揺れた。至近距離に落雷したのかと思った。

「悪鬼懲伏！」

一条の光線が真後ろから射放たれ、鎧鬼の胸をまともに射貫《いぬ》いた。

鎧鬼が悲鳴をあげ、青い炎に包まれる。

鉄二は茫然《ぼうぜん》として、振り返った。声が聞こえた。

「……なにモタモタしてやがんだよ、このバカ虎《とら》」

背後に立っていたのは、長身の青年だった。

手には輝く弓を握っている。癖のある栗《くり》色の髪と野性的な目つきをしている。

景虎は身を起こして、名を呼んだ。

「長秀《ながひで》……っ」

毘沙門弓を抱えて、安田《やすだ》長秀が立っている。

「そら、ぼーっとすんな！　《調伏》するぞ！」

景虎も膝をついた姿勢で毘沙門天の印を結ぶ。長秀と同時に真言を唱える。

「悪鬼征伐！　我に御力、与えたまえ……！」

《調伏》！

　ふたりがかりの《光包調伏《こうほう》》をまともにくらっては、なすすべもない。

　鎧鬼は、悲痛な叫びの残響を渓谷に残して、光とともに闇に吸われていった。

＊

　景虎たちの応援部隊として、遅れて湯殿山に駆けつけたのは、長秀と《軒猿《のきざる》》の副頭《ふくがしら》・八神《やがみ》だった。

「この先の道は崖崩《がけくず》れで迂回《うかい》しなければなりません。夜を徹して進むのは危険ですので、明朝出発をおすすめします。景虎様」

　八神は地元の猟師《りょうし》に憑依《ひょうい》している。このあたりの地形に詳しい猟師だ。

　鉄二も疲れている。景虎は、野営することにした。

　野営道具一式はおおいに役に立った。テントを立てると、へとへとだった鉄二は飛び込んだ。なにしろ麓《ふもと》の村から歩き通しだったので、疲労から遠見能力もだいぶ落ちていたところだ。

　鉄二を休ませ、一旦《いったん》テントの外に出た景虎を、長秀が待ち受けている。

　長秀は険しい表情で、腕組みをしている。

景虎はその横をすりぬけて、沢の岸でしゃがみこんだ。

「ずいぶんと物言いたげな顔だな……」

沢の水を手ですくい、顔を洗う。その背中に長秀は言った。

「おまえ、なに考えてんだ」

「なに、とは」

「どうして、直江《なおえ》と美奈子《みなこ》を一緒に行かせた」

景虎は水をすくう手を止めた。

長秀は怒っている。

その一事を問い詰めたい一心で、ここまで来た。そういう顔だ。

景虎は、背を向けたまま、岸にしゃがみこんでいる。答えようとしない景虎に、長秀は畳みかけた。

「相談もなしに、勝手に決めやがって……。なんでよりによって、直江を行かせた。てめえ、今がどんな時かわかってんだろうな」

「………。わかっているとも」

「わかってんだったら、なんで行かせた。そうでなくとも戦力はぎりぎりいっぱいだって時に、上杉《うえすぎ》の要《かなめ》の夜叉衆を、女ひとりの護衛につかせて戦線離脱させるなんて……。正気の沙汰《さた》じゃねえんだよ！　それとも何か。自分の女を守らせるためなら、当然だとでも思ってんじゃねえだろうな」

「理由なら、説明したはずだ」

景虎はようやく立ちあがった。

「織田は根針法にふさわしい産子を産むための女を求めている。富士の壇には、最強の産子を据える計画だった。どうにか基壇《きだん》は破壊できたが、連中はまだ諦《あきら》めていないだろう。最強の霊山に、最強の産子を据える。そのために優《すぐ》れた戦巫女《いくさみこ》を探していた。目をつけたのが美奈子だ」

「……………。そいつは聞いてる……」

「蘭丸《らんまる》は美奈子を手に入れるために、直江を寝返らせようともした。美奈子を守ることが根針法成就を阻止するために、必要だ。だから」

「きれいごと、ほざいてんじゃねえ！」

声を荒げた長秀を、景虎は肩越しに振り返った。興奮を必死で抑えている長秀とは対照的に、景虎は沈着冷静だ。それが長秀の神経を逆撫《さかな》でした。

「美奈子美奈子って、おためごかしはたくさんなんだよ。なんであんな女ひとりのために、直江をつけなきゃならねえ」

「直江は護衛能力が高い。適任だ」

「《力》なら俺のほうが強《つえ》え」

「おまえは攻撃手だ。根針法潰しにはふたり以上の攻撃手がいる。すなわち、オレとおまえだ」

「そういう問題じゃねえ！」

長秀がもどかしげに怒鳴った。

「色部《いろべ》のとっつぁんも、晴家《はるいえ》も、ヤバいんじゃないかって心配してる。おまえだって、わかってんだろう。ここ最近の直江の変わりようを」

感情を押し殺して、冷たい眼をするようになった。

美奈子に対しては、あからさまに他人行儀で剣呑《けんのん》な態度をとる。自制してはいるが、正論を盾にしてつらくあたる。美奈子はともかく、直江は冷戦の構えをとこうとしない。

「いくら鈍いおまえでもわかってんだろう！　だったら！　なんで奴を護衛につけた。そんなことをすれば、ますますあいつを追い詰めることぐらい、わかんねえのか！」

景虎は何も答えない。

沢の流れに、月の光がきらきらと映っている。

長秀は真剣な面持《おもも》ちで言った。

「直江は美奈子に悪意をもってる」

「………。悪意」

「ああ、そうだ。疎《うと》んじるなんて可愛《かわい》いもんじゃない。悪意だ。いま一番美奈子を預けちゃいけない男だっていうこと、おまえだって、十分わかってんだろ」

「………。理由がない」

景虎は目を伏せて、淡々《たんたん》と答えた。

「直江のどこに美奈子へ悪意を抱く理由がある。直江は後見人だ。巻き込まれた第三者を守る義務はあっても、悪く思うのはお門違いだ」

「そんな建前が聞きたいんじゃねえ」

「何が言いたい」

「奴はな、おまえと美奈子の仲を引き裂きたくてたまらないんだよ。おまえらを見てる時の直江の目、見たことがあるか。いまにも包丁持って躍《おど》りかかりそうな目ぇしてやがる。あんなやべえカオしたやつが、素直に美奈子を守るとでも思うのか」

「直江がオレたちのことを気に入らないのは知っている。だがそれは使命の妨げになると思っているからだ。美奈子と離ればなれになって、むしろ直江は満足しているはずだ」

「俺が言いたいのは、直江の気持ちだ。奴が抱えてる嫉妬《しっと》が問題だって言ってんだ！」

「………。直江が、美奈子に惚《ほ》れているというやつか」

長秀が猛然と近づいて、景虎の胸ぐらを摑《つか》み上げた。

「認めてんだったら、どうにかしろ。よりによって横恋慕してる相手とふたりきりで逃がすなんて、おまえ正気か」

「間違いでも起こるというのか。ばかげてる。果たすべき使命にみっともない嫉妬なんか持ち込むと思うのか。直江は公私混同する男じゃない」

「おまえは他人の嫉妬ってやつを甘くみてる。それとも何か、美奈子を奴にもってかれてもいいのか。寝取られてもいいってのか」

「げすの勘ぐりだ。くだらんことを」

「わかってねえ。奴に美奈子を守らせることが最善なわけがねえだろ。下手をすると、奴は美奈子を織田に売り渡すぞ！」

「しない」

景虎が迷いなく明言した。その時ばかりは鋭い目になり、

「それだけはしない。絶対に」

「どうして言い切れる。こんな状況で女ひとりに血道あげやがったてめえに、愛想《あいそ》つかして、敵に寝返ることとなんざ、十分考えられるだろうよ。おまえの信頼なんてやつは、自分がそう思い込みたいだけの薄っぺらな甘えなんだよ！」

「ちがう」

言い切った景虎の目の、ぞっとするような冷たさに、長秀は一瞬、気圧《けお》された。

「おまえは直江がわかってない」

「……わかってねーのは、おまえだ。景虎」

長秀も負けじと顔を近づけて、睨《にら》み返した。

「奴はきっと何かしでかすぞ。取り返しのつかないことになる前に呼び戻せ」

「必要ない」

「だったら、他の奴も送り込め！　護衛できる《軒猿》はいくらだっている。奴をふたりきりにさせるな！」

「なにを恐れてる。長秀」

景虎は怪訝《けげん》そうに見つめ返してくる。

「おまえらしくないぞ。直江は私情で揺らぐ男じゃない。何があろうと最後には自分を律して使命に立ち戻る。そういう男だ。おまえだって、知ってるはずだ」

「……そういう手前勝手な信頼が、奴から逃げ場を奪うんじゃないのか」

ぴくり、と景虎が目を見開いた。

長秀も心の奥を覗《のぞ》き込むように、見つめ返した。

「いま、あいつらが、どんな思いでいるか……。想像できてるか」

景虎は長秀の手を引き剝《は》がし、その肩を突き飛ばした。

「直江は分別もある。美奈子も状況は理解している。いらない心配だ」

「男と女。何カ月も四六時中、一緒に行動していたら、何がどうなるかわからない」

「余計なことほざいてないで、早く月山の産子を助け、仏性石《ぶっしょうせき》を手に入れろ」

「後悔するぞ。景虎……」

「出発は午前四時だ。いまのうちに寝ておけ」

景虎は相手にせず歩き出していく。長秀はたまらず、怒鳴った。

「いつまでも目ぇそらしててんじゃねえ！　直江とおまえの仲がこじれきってる根っこんとこを、おまえが直視しねえかぎり、この先も何も解決できねえぞ。わかってんのか、景虎！」

訴えは虚《むな》しく沢の音にかき消されていった。

景虎はテントに戻っていく。少し猫背気味なのは、肺が悪化して呼吸が満足にできないせいだろう。

直江を戦線から外した分、自分で戦力を補おうとしている。長秀にはそう見える。

そうまでして美奈子を守りたいのか。

（認めねえ……）

長秀は反発をやめられない。

（あんな女ひとりのために、ここまでやる必要があるか）

いや。心の奥のほうで警鐘《けいしょう》を鳴らしているのは、もっと別の悪い予感だ。

得体の知れない不安だ。

（なんなんだ、この胸騒ぎは）

物事が危うい方向に動き始めている気配を感じる。兆《きざ》しは前からあった。長秀をいつになくいらつかせているのは、この胸騒ぎのせいだ。

何かを、自分は見誤っている気がしてならない。

なにかとはなんだ？　直江の心？　景虎の心？

（……美奈子だ）

長秀ははねのけるように念じた。

（すべての元凶は美奈子だ。あの女を！）

「八神。そこにいるか」

呼びかけると、岩陰《いわかげ》から八神が現れた。

「はい。長秀様」

「おまえにちょっと頼みたいことがある」

暗い考えが、長秀の中ではっきりと輪郭《りんかく》をなした。

湯殿山の月は青白く、ひとつの決意を冴《さ》え冴《ざ》えと照らしている。

＊

ふくろうの声が聞こえる。

簡易テントの下で、鉄二は毛布にくるまって眠っている。

景虎は隣に横たわり、ふくろうの声に耳を傾けている。まんじりともせず、テントのつなぎ目を見つめている。

（おまえにはわからないだろう、長秀……）

自分たち、ふたりのことは。

直江が景虎に対して、何を思い、何を訴えて、今日まで歩いてきたか。

（オレに何ができる）

直江という男のこと。直江と自分の間にみなぎる緊張感は、誰にもその源《みなもと》を知り得るはずもない。

自分たちの主従関係は常に危うい。ずっとそう感じてきた。主従関係という名に依存するのはもっと怖かった。一度は解消すると言ったものの、結局しがみついていたのは、自分のほうだ。対等であることを恐れたのは、結局直江ではなく、自分だった。

上下を覆《くつがえ》されたら終わる、そういう関係だ。

自分が屈すれば、終わる。

（直江が苦しんでる理由なんて、わかっている。オレが勝ち負けから逃がさないからだ）

どの瞬間も優位であり続けることを望んだからだ。

誰かを押し潰していないと安定していられない、この傷跡のせいだ。

月を見るたびにフラッシュバックする、四百年前のあの夜。

小田原《おだわら》の浜辺で起きた悪夢。

家臣たちに陵辱《りょうじょく》された。北条《ほうじょう》から離反を企てた家臣たちだった。下卑《げび》た男たちに囲まれて、代わる代わるこの肉体を貪《むさぼ》られた。まだ十五歳、なすすべもなかった。暴力に訴えられたら、逃れることもできなかった。さんざんなぶられ、いたぶられみじめな姿をさらした。誰にも訴えることもできず、ずたずたにされた自尊心を修復することもできず……。

(四百年たっても……オレは、臣下という存在が、怖いのかもしれない)

トラウマがこびりついた脳だって、もうとうに土塊《つちくれ》だ。新しい脳へと十回も取り替えてきたのに、恐怖は薄まることもなく、魂《たましい》に染みこんで何度でも脳にこびりつく。

——その恐怖から逃れられない限り……、おまえは試し続けるんだよ。

耳元で、分身が囁《ささや》く。景虎の心に棲《す》みついたもうひとりの自分が。

——戦争を続けるんだろう。そして直江を敗北させ続けるんだろう。おまえの中の恐怖が消えない限り。

地面に這《は》いつくばって、呪《のろ》うように見上げてくる直江を確かめて、ようやく安心できる。そういう心の回路を、どうしても断つことができない。強迫観念のように自分自身を追い立てる。力を持て。力を。勝たなければ終わるぞ。奴を勝たせるな。勝たなければ。

(わかってる。自業自得だ)

こんな戦争を仕掛けて勝ち負けにこだわり続けているうちは、どちらも癒やされることなんかない。

だが、言えない。言ったら終わる。

（おまえじゃなきゃ、だめなのは……このオレなんだよ）

——直江はその仕打ちを忘れないぞ。

屈辱《くつじょく》に震えて、歯を食いしばって、いつかこの関係を覆してやろうとする。その執着が、執念こそが、自分たちをかろうじてつなぎ止めてきた。社会が変わり、ひとの考えも刻々と変わっていく。荒波の中で揉《も》まれても決して切れない鎖《くさり》を。

だが、こういう方法以外に、つなぎ止め方がわからない。

——本当に弱いのは、だれだ。

——おまえはつけ込んだのだ。直江のプライドの高さに。卑屈《ひくつ》さに。

自分を他者と比較することでしか、自尊心を保てないという弱みに。

そこにこだわり続ける限り、直江は自分から離れることもできないのだ、と。

わかっている。直江が萎縮《いしゅく》する理由は直江のものでしかなく、克服すべき劣等《れっとう》感に対して、自分がしてやれることは何もない。直江が求めてくるものに対しては、振り返らずに、背中で受け止め続けるしかできない。

——だが、おまえは怖かった。

——振り返った時にいなくなっているのが怖かった。

——だから、あいつを力で押さえ込んだんだ。

それが愛情表現になろうはずもないのに。不毛なマウントを繰り返して、いっそ憎まれようとしているかのように、過剰なまでに。

このままでいいはずがない。こんなことをしていたら、いつか終わりが来る。どうにかして変わらなくては。変えていかなくては。

――おまえたちは変われやしないよ。

おまえが直江を求める限り。その飢《う》えを満たそうとする限り。

魂の奥にうがたれた、埋められることのない底なしの穴。あらゆるまっとうで清廉《せいれん》な想《おも》いも、渦を巻きながら吸い込み続ける。ブラックホールのような無限の穴が、飢えを生む。どうやって埋めればいいかもわからない。埋められるのは、おまえしかいない。

おまえでなければだめなんだ、直江。

オレには、おまえじゃなきゃ駄目なんだ。


――あなたはいつだって、自分が蹂躙《じゅうりん》されるよう、仕向けているんだ。


いつしか、ふくろうの声は聞こえなくなっていた。

沢の音だけが聞こえている。

テントの隙間《すきま》から、月の光がさしこむ。細く儚《はかな》い光がやけに眩《まぶ》しくて、まぶたを閉じた。

（あの言葉に、嘘《うそ》はないよ。直江）

最後の最後で信じられるのは、おまえだと。

矢面《やおもて》に立つ自分には、美奈子を守りきれない。

信長と決着をつけなければならない自分には。

(もしオレの身に何かあったとしても、おまえは生き延びろ。直江)

信長を《調伏》するとなれば、直接対決はまぬがれない。信長の破魂波《はこんは》を目の当《ま》たりにした今、必ず生き残る、とは約束できない。魂が砕かれれば、次の換生《かんしょう》はない。

自分が万一、この世界から消えたとしても——。

生きて生きて、生きて、生き延びろ。

そして、美奈子を頼む、と。

(おまえには生きていてほしい。直江)

(おまえは、オレの片割れだから……)

直江が共に死ぬことを望むのは目に見えている。だからこそ、オレたちは同じ戦場に立っていてはならない。

それとも直江は安堵《あんど》するのだろうか。上杉景虎から解放されて。

景虎は、強く眉を寄せた。

それでもいい。

(——直江を守ってやってくれ。美奈子)

オレには直江を救う方法が見つけられない。癒やし方もわからない。

直江は、彼女に心を寄せていたという。

ああ、ああ……それでもいい。それでも。

オレからは決して与えてやることができなかったものを、求めたということなのだろう。

そうとも。それはたぶん、証《あかし》だ。自分と同じように直江の魂も、美奈子から癒やしを得ていたというのなら、それは、自分たちが同じものである証。

(オレたちにずっと必要だったのは〝美奈子〟だったんだろうか……)

テントの隙間から漏《も》れる月の光に、あの優しげな面影を重ねている。

彼女を抱きしめていると、体中の傷が癒やされる思いがした。その言葉を聞けば、煤《すす》けて荒《すさ》んで泥まみれになった魂が、清らかな何かに洗い流される。

月の光を浴びる時のように。

(直江を頼む。美奈子)

明日は今日以上に戦うことになるかもしれない。ここは戦場だ。

少し眠ろう、と景虎は思った。

信長を《調伏》する日まで、力を残しておかねばならない。

いずれ必ずやってくるだろう、その日まで。

清流の音が聞こえる。

月光を湛えて輝いていた澄《す》んだ水を想いながら、景虎はいつしか深い眠りに落ちていた。

＊

朝靄《あさもや》の中の出発となった。

岩山にはガスが立ちこめ、冷たく湿った空気が首筋をわななかせる。缶詰のコンビーフを腹に収め、テントを撤収した景虎たちを道案内するのは、猟師に憑依した八神だ。

崖崩れでふさがれた道を迂回して、さらに山深いところへと踏み込む。息が白い。足下の熊笹《くまざさ》は霜《しも》がおりている。標高が高く、空気は晩秋を通り越して初冬だ。

「このあたりは修験場《しゅげんば》だったんだ。あがってくるのは、修験者くらいだろうな」

「どうりで険しいはずだ」

山道になれていない鉄二は、息を切らしている。

ここ湯殿山は、月山・羽黒山《はぐろさん》とともに出羽三山《でわさんざん》と呼ばれていて、有数の修験道場になっていた。神仏習合の霊地として知られており、中心でもある湯殿山神社は、月山を源流とする梵字《ぼんじ》川《がわ》のそばにある。

四人が進んでいくのは、湯殿山と月山とを結ぶ尾根の近くだ。

「着いた。あれだ」

行く手には小さなお堂が見えてきた。檜皮葺《ひわだぶ》きの屋根は苔《こけ》むしていて、手すりや格子扉《こうし》からは、明かりが漏れている。ずいぶんとおんぼろだが、独特の空気を発している。

「神社……？　ですか」

「いや、寺だ」

上部に大きな額がかかっている。「雲門堂《うんもん》」と刻まれている。

落ち葉に埋もれるようにして佇《たたず》む古堂へと近づいていくと、まるで気配を察したように、格子扉が音もなく開いて、ひとりの尼僧《にそう》が現れた。

「久しぶりだな。雪蛇《ゆきへび》」

はい、と尼僧は品良く指を揃《そろ》えて、頭を下げた。

「お懐かしゅうございます。景虎様」

「八十年ぶりかな。変わりないようで、よかった」

「お会いできて嬉《うれ》しゅうございます」

鉄二は目を白黒させている。どこからどう見ても三十代の加瀬の口から「八十年ぶり」という言葉が出てくるのが、意味不明だったのだ。困惑していると後ろから長秀が、

「よう。やつは元気か」

「これは……長秀様にござりまするか。いまのお姿も麗《うるわ》しゅうございますね」

「おいおい。おまえにお世辞を言われると、背中がかゆくなるぜ」

雪蛇と呼ばれた尼僧は「どうぞ」と言って、四人を堂内に迎え入れた。

堂内には立派な護摩壇《ごまだん》がしつらえてあり、ろうそくの仄暗《ほのぐら》い火が荘厳《そうごん》な空気を醸《かも》している。抹香《まっこう》の煙が立ちこめて、十二神将とみられる仏像が手前に並んでいて、その奥にひときわ大きな祠《ほこら》がある。

「ただいま、扉を開けまする」

雪蛇が祠に近づいて、観音《かんのん》開きの扉を開いた。

うっと息を呑んだのは、鉄二だ。祠の中には、人が座り込んでいる。

僧衣に身を包んだその人物は、だが、生きていない。うつむいた顔は黒くひからびていて、骨に皮がはりつくだけになった手はだらりと前に垂れている。

「な、なんだ、これ……っ。ミイラ！」

「即身仏《そくしんぶつ》だよ。鉄二」

景虎は驚くこともなく、向き合った。

修業の身で、生きた体のまま地中に埋めた箱に入り、成仏を果たした僧侶をさす。木の実だけを食べて体を少しずつミイラに近づける木食《もくじき》修行を行ったあと、土中の箱に入定《にゅうじょう》する。ミイラ化した遺体は、そのまま人々の信仰《しんこう》対象となった。

この庄内《しょうない》地方には、即身仏信仰が盛んで、ここもそのひとつのようだ。

「ここにいるのは、雲門海僧正《うんもんかいそうじょう》。四百年ほど前に即身仏になった男だ」

　景虎たちはおもむろに壇につき、修法を始めた。

　慣れた作法で法具を扱い、朗々《ろうろう》と陀羅尼《だらに》を唱える。躍りあがる炎の向こうに、即身仏の影が揺れるのを、鉄二はひたすら圧倒されながら見ていた。

　修法の終わりに、景虎が九字《くじ》を切り、強く含み気合いを入れた。

　一通りの行が済み、景虎は正面の即身仏と真正面から向かい合った。

「久しぶりだな、雲門海」

　話しかけていった景虎に、鉄二は驚いた。すると、

《……わしを目覚めさせたものは、だれだ》

　鉄二は腰を抜かしそうになった。

「しゃ……しゃべった！　即身仏がしゃべった……！」

「しっ。騒ぐな」

　正確には思念波が聞こえてきたのだ。景虎たちは動じることもない。

「オレだよ。雲門海」

《三郎次《さぶろうじ》？　そこにいるのは、三郎次か》

　それは景虎が最初に換生した時の名前だった。むろん、鉄二の知るところではない。鉄二は気味悪そうに即身仏と景虎を交互に見た。

「俺もいるぜ。雲門海よ」

《四郎佐《しろうざ》か。これはまた……夜叉衆が揃いも揃って……》
即身仏は生きている。いや、生きているように思念を発する。魂はここに残っている。湯殿山にて即身仏となる修行を経て、この地の守り神となった。
雲門海はかつて、真性結縁者《けちえん》である夜叉衆を異端とみなとして執拗に追いかけていた男だ。目の敵《かたき》にしていた相手だが、あれやこれやとあるうちに、いつしか奇妙な友情が芽生え、時には共闘して怨霊退治にいそしんだこともあった。
《九郎左衛門《くろうざえもん》はいないのか？》
景虎はぴくり、と肩を揺らした。直江のことだ。
「……………。いない」
《どうしたのだ。死んだのか》
長秀が景虎を横目に見る。景虎は首を横に振った。
「いや、今ここにはいない、というだけだよ。それより雲門海。おまえに頼みたいことがある。厄介《やっかい》な連中が復活してきた。力を貸してくれないか」
《…………わざわざ我が手を借りに来るとは、よほどの難敵とみた。よかろう。ただし》
口も動かすことなく、即身仏は言葉を伝えてくる。
《そこな者は出ておれ》
鉄二のことだ。

景虎と長秀は顔を見合わせ、鉄二に退出を求めた。

「なんで！　なんで俺がいちゃいけないんだよ、加瀬さん！」

閉められた扉の前でごねている。だが、一度扉が閉まれば、結界が張ってあるため、鉄二の能力をもってしても堂内を透視することはできなかった。

景虎は、産子根針法について、語って聞かせた。

「――……どうやら織田は月山・湯殿山・羽黒山の三つを結ぶ霊脈に針をさした。だが、その場所が結界に邪魔《じゃま》されて摑めない。おまえが頼りだ。力を貸してくれないか」

雲門海は憤怒《ふんぬ》した。

《なんと愚《おろ》かな……。織田信長！　出羽三山の力を一手に掌握《しょうあく》しようなどと、神仏をも恐れぬ所行だ。悪漢め、あってはならぬことだ》

死んで即身仏となり、四百年を経たあとも、心の熱さは変わらない。

《我らが霊地、出羽三山を好きにはさせん。待っておれ。この地には二十を下らぬ即身仏がいる。その者らをすべて目覚めさせよう》

「そうこなくっちゃな」

長秀も小気味よさげに言った。だが、と景虎は用心深く、

「連中はすでに、他の霊山を掌握している。ここへも攻撃がこないとも限らない。対抗するとなると、おまえにも危険が及ぶが……」

ていた。
《なに。その時はその時よ。取り戻すのが先だろう》
骸骨《がいこつ》のように落ちくぼんだ眼窩《がんか》からは、その表情は窺《うかが》えないが、心なしか、気迫がみなぎっているように見えた。
《必ず織田の壇を破壊して、出羽三山を解放いたせ。三郎次。我々がついている》
「ああ、もちろんだ。力を借りるぞ」
心強かった。孤立無援のようでいて、自分たちは孤独ではない。数百年の歩みは、決して無駄ではなく、無力ではない。そう思えた。
固い約束をかわして、景虎たちは古い友の前から立ち去った。

＊

おまえはここで待て――。

湯殿山神社の宿坊《しゅくぼう》で、鉄二は景虎から待機を言い渡された。

「なんでですか！　俺の遠見は必要なはずです。いっしょに行きます！」

「おまえは連絡係に徹しろ。遠見をして何か異変があったら、すぐに皆に報《しら》せて麓へおりろ。八海《はっかい》と連絡をとれ」

鉄二は納得していない。いくら特殊能力があるからとはいえ、鉄二は現代人だ。これ以上は危ない場所には連れて行けないと景虎は思った。

「おまえは遠見はできても《念》は戦えるレベルじゃない。足手まといだ。ここでおとなしく待て」

「そんな……！」

「だだをこねるな！」

景虎が一喝《いっかつ》した。

「ここからは力と力の戦いだ。いざという時、おまえの命まで守ってやる余裕はない！　いいからここにいろ。そして起きている出来事を皆に伝えろ。湯殿山の御神体は強い。ここから離れずにいれば、何があっても呪詛《じゅそ》の影響は受けない」

語るなかれ聞くなかれ、と言われた神秘の御神体だ。湯の湧き出る巨大な自然物だが、地中から湧き出るパワーが半端ない。織田はこの力も手に入れたがっている。

景虎たちは斬《き》り込み隊だが、後方支援が必要だ。

雲門海たちに話をつけたあと、湯殿山の関係者にも話をつけた。鉄二も渋々、応じた。宿坊には古い知人の修験者もいて、協力を申し出てくれた。

「必ず無事に帰ってきてくださいよ。加瀬さん。きっとですよ」

「ああ」

「呪符の用意ができました。景虎様」

八神がやってきて、景虎に呪符袋を渡した。事前にオーダーを受けた呪符を編み、三日がかりで用意したものだ。

「出羽三山の加護札も念のため、五枚ずつ用意しました。これで足りますか」

景虎は数種類の呪符を確認した。

「ああ、十分だ。これで行く。《軒猿》は配置についたか」

「はい。明日午前零時より、各所一斉に護持修法《ごじしゅほう》を始めます」

「……よし。足場をしっかり固めていろ。何があっても、耐えきれるように」

景虎が嫌に周到に護持修法を準備させるのを見て、長秀には察するものがあった。

「おまえ、もしかして」

「…………」

「呼び出す気か。冥界《めいかい》の連中を！」

景虎は冷静だが、その目には決意をみなぎらせている。

冥界上杉軍の発動を、景虎は念頭に置いている。

あの世とこの世の境目にある、天の闇界《くらきほとり》。そこに眠る上杉の軍団のことだ。総大将である景虎だけが、この世に呼び戻すことができる。

軍団の兵は皆、毘沙門天の力を備えている。毘沙門天の軍団と言ってもいい。だが、あまりにも霊的重量がありすぎて、過去には降臨《こうりん》した地を壊滅させたこともあった。代償が大きすぎて、景虎は呼び出すことに極めて慎重だった。

　信長が最も恐れているのは、上杉軍団の降臨だ。それに対抗するために、天皇家の呪法《じゅほう》を手に入れたのだろう。

「やんのか。景虎」

「場合によっては」

　よほどの条件を整えなければ、代償のほうが大きくなりすぎてしまう。犠牲者を出しては本末転倒だ。被害を最小限に抑えるためにも、雲門海たちの力を借りたのだ。

「織田の出方次第だ。だが覚悟は決めておけ。山体崩壊くらいじゃ済まないかもしれないからな」

　ごくり、と長秀はつばをのんだ。

「……へっ。呼ぶなら呼びやがれ。受け止めてやらあ」

「自分の身は自分で守れよ」

　そこへ湯殿山神社の宮司《ぐうじ》が、社務所のほうから血相を変えてやってきた。

「加瀬さん、御神体の湯が止まりました」

「なんですって」

「御神体の周囲が干上がっています。悪い兆しです」

　景虎は長秀と顔を見合わせた。湯殿山の御神体は常にこんこんと湯が湧いていて、尽きることがない。根針法は霊脈に杭《くい》を打つ。御神体の湯が枯れたのも、その影響にちがいなかった。

「あんま時間がないな……」

「信長が動かないうちに杭を壊しに行く。支度しろ。長秀」

長秀はいつもの飄々《ひょうひょう》とした顔つきになって、車の鍵《かぎ》をポケットから取りだす。

一足先に駐車場へ向かう長秀を見送って、景虎は宮司たちに指示を出した。そして、八神を振り返り、

「念のため、月山に向かう道を封鎖してくれ。月山に何が起きても、誰も巻き込まないよう」

「はい。景虎様」

「それから、八海に連絡して……」

ふと八神の異変に気がついた。縁の下の力持ちとして陰に徹する八海よりも、八神は率直な男だが、いつになく反応が鈍い。昨日から何か様子が変だった。

景虎の目をまともに見ようとしない。

「……どうした、八神。なにか気がかりなことでもあるのか」

「いえ。ございません。支度をいたします」

問われれば応《こた》えるが、どこかおぼつかない。景虎は嗅《か》ぎ取るのも、早い。

鉄二と話している長秀を、見た。

冷ややかな目になった。

夕暮れになり、山深い霊地の空は真っ赤に染まった。

朱鷺《とき》の翼《つばさ》のような色に雲が染まり、落ちる太陽がそのふちを金色に飾っている。

戦地に向かう景虎は、寡默《かもく》だった。

長秀は、八神に目配せをしてから、重いステアリングをまわし、アクセルを踏んだ。泥水を蹴《け》り立てて、車は走り出す。

月山へ――。

＊

時間は数日ほど戻る。

色部勝長《かつなが》は柿崎《かきざき》晴家と共に大山《だいせん》の奪還作戦を終わらせて、八海の待つ石手寺《いしてじ》の境内《けいだい》にある宿坊へと帰ってきたところだった。

玄関で出迎えた八海の隣には、三歳ほどの男児がいる。勝長も晴家も、驚いた。

「これはもしや……石太郎《いしたろう》か？」

「はい。勝長様」

出かける時は、まだ赤ん坊だった。それがほんの二、三週間ほどの間に、急速な成長を遂げていたのだ。

石太郎は、勝長がつけた名前だ。織田は「奇妙丸《きみようまる》」と呼んでいた。

石槌山《いしづちさん》の根針壇から救い出した産子だ。

「やあ、こりゃびっくりだな。まだ乳飲み子だったのに、どうやったらこんなに早く成長するんだ」

勝長がしゃがみこんで顔を覗き込むと、石太郎は人見知りしたように、八海の後ろに隠れた。

晴家が微笑《ほほえ》んで、そっと手を差し伸べると、石太郎がおずおずと手を出す。

《良い子ね。お姉さんといっしょに遊びましょうか》

石太郎はうなずいて、晴家と奥の座敷へと駆けていってしまった。まもなく鬼ごっこでも始めたのか、にぎやかな笑い声が聞こえてきた。

勝長たちは居間で向き合った。

「……そうですか。大山の産子は、助けられなかったと」

勝長から聞いて、八海も痛ましい顔をした。

「壇から救い出したのはいいが、まもなく息を引き取った。どうやら壇は生命維持装置のようなものなのだろう。石太郎は助かったが……」

「その赤子は、石は握っていたのですか」

いや、と勝長は湯飲みの茶を一口飲み、首を振った。

「三人のうちのひとりではなかったらしい。もしかしたら、仏性石を生める産子だけが、生きて外に出られるのかもしれん」

「地中でならば生き延び、解放されれば死ぬ、ですか……。むごいことを」

　石太郎は、といえば、すくすくと育ちはしたが、自分が晴家に口寄せして残したメッセージのことは何も覚えていないようだ。

「景虎様は月山に向かいました。安田様も後から支援に向かうと」

「そうか。織田は怨霊たちを集めてきて、霊山の守りを固めているようだ。まあ、あのふたりならば、問題ないだろうが……。それより直江はどうした。いまどこに」

　この時点で勝長はまだ知らなかった。八海は言いにくそうに打ち明けた。

「美奈子の護衛で、戦線を離れた……？　それは本当なのか！　いまどこに！」

「それは私たちにもまだ……」

「こんな大事な時に離脱？　景虎はいったい何を考えているんだ！」

《美奈子ちゃんといるの？》

　はっと振り返ると、晴家が襖《ふすま》を開いて、話を聞いていた。

「ああ、そうらしい……。織田は美奈子くんを産女《うぶめ》にしようとしているようだ」

《なんてことを……っ》

　晴家は絶句してしまう。その背後で、石太郎は無邪気に積木で遊んでいる。

許しがたいことだった。まさかそんな卑劣《ひれつ》な形で美奈子を利用しようとしているとは。
《美奈子ちゃんはいま、どこにいるの？　直江と一緒にいるというのは、本当なの？》
「我々にも居所はわからないのです」
《どうして直江なの……？》
晴家は不安げに顔を曇らせた。
《どうして景虎は直江を選んだの？　あなたたちが守るのではいけないの？》
「私たちでは力不足と思われたのでしょう。戦力面をみても……夜叉衆の方々の中で、護衛力が高いのは、直江様ですし」
「晴家……。どうした」
《私が……私が美奈子ちゃんを守ります》
「いえ。晴家様はいけません。根針法の霊脈を読み解けるのは、晴家様だけです」
《だったら、この寺に連れてくればいいわ。ここで美奈子ちゃんを守れば》
「いや。危険だ」
勝長が即座に否定した。
「ここは織田に把握《はあく》されている。むざむざ織田の目の届くところにつれてはこれん」
《だけど、直江がつらいでしょ》
晴家は必死の表情で訴えた。

《直江は美奈子ちゃんのことをよく思ってないわ。景虎の恋人なのよ。そんなひととふたりきりで逃げるなんて、直江が耐えられるわけないわ》
「晴家……」
《……美奈子ちゃんだって、つらい》
ひとの痛みを自分のことのように感じてしまう晴家だ。
石太郎の無邪気な笑い声が響いている。勝長は晴家の肩を叩《たた》き、外へと連れ出した。

夜の境内は、昼間の喧噪《けんそう》が嘘のように静まりかえっている。

参拝客の姿もなく、灯籠《とうろう》に明かりがともっている。大師堂からは線香の煙が漂《ただよ》ってくる。萩《はぎ》の花が夜風に揺れている。

階段に座り込んで、晴家は勝長に不安を打ち明けた。

「……おまえの気持ちは、わかる。俺も、あのふたりが一緒にいるのは、最善だとは思えないが、景虎の言う通り、守り切れるのも直江だ」

直江が思い詰めなければいいが……、と勝長は呟《つぶや》いた。

晴家は、うつむいたままだ。

《彼女を巻き込んだのは、誤りだったかもしれません……》

「どうしてそう思う」

《あの子は、とても勘の良い子です》

ほんの少しの間でも、レガーロで一緒に働いた仲だ。

《……そして頭の良い子です。自然と、自分がひとから何を求められているか、わかってしまえる。一緒のバンドで演奏してた時も、彼女はとても敏感に繊細に、求められている音を返してきた》

クラシックで単独演奏する時は、そういうものは気にしなくてもいい。

だがジャズバンドのセッションでは、相手がこうしかけてくれば、こう返す、というのをあうんの呼吸で行わなければならない。相手の音色やリズムを聴いて、求められている音色やリズムを無意識に返す。

《クラシック畑の演奏者とは思えないくらい、それが上手だった。あれは天性のものだと思うんです。彼女が養女としてうまくやってこれたのも、他人が求めてるものを読み取れてるからだったと》

「確かに、とても気がつく娘だったな。それも、さりげなく……」

《だから、心配だった……》

晴家は萩の向こうに浮かぶ月に、美奈子の面影を重ねた。

《心も強い子です。だから決して流されることはないはずです。ただ性根が優しいんです。もともとそういう子供だったのが、戦災孤児《こじ》になってから、ますます磨かれていったのかもしれ

ない。居場所を得るために》
　ピアノを弾けば、あれだけ明確に心を表す美奈子だが、それ以外の場面では、控えめで受け身で自分から主張をすることは滅多になかった。
「求められているものに応えなければ、生きていけない、か……。確かに、そういう心性をもつ者はいるんだろう。生き残るために得た習性ともいえる」
　読もうとしなくても読み取れてしまう。傷ついた人間が何を欲しているのか。
　それが愛している相手ならばなおのこと、誰よりも細やかに汲《く》み取れてしまう。
《だからこそ、不安なんです……》
　晴家は両手を固く握りしめた。
《あのふたりに巻き込ませてしまうのは……。あのふたりの間で心が潰されてしまうのではないかと。私はただ、あの子には幸せになってほしいだけなんです》
　勝長はお堂の欄干《らんかん》にもたれて、じっと聞いている。
　治療方針がたてられない難病に向き合ったかのように、勝長は深く溜息《ためいき》をついた。
「直江も、あれでいて、分別はある男だ。何事も起こらないとは思うが……」
《居所をつかめませんか》
「ああ、やってみよう。直江が煮詰まってしまわないように、ヘルプがいるなら、かわりばんこに行ってもいい。なによりおまえがそれで安心できるなら」

《ありがとう、色部さん》

秋の夜風に、紫色の花が揺れている。
灯明《とうみょう》が闇を照らしている。
月が見下ろしている。

第三章　夜叉衆討伐令

朽木慎治《くちきしんじ》の前に、織田《おだ》家の重鎮《じゅうちん》たちと六王教《ろくおうきょう》の幹部が揃《そろ》った。

回遊式の庭園をもつ和風邸宅は、緊張感を孕《はら》んでいた。金華山《きんかざん》を望む庭には篝火《かがりび》が焚《た》かれ、まるで陣中を思わせる。書院造の一ノ間は漆《うるし》の板敷きになっており、床の間にはかつて安土城《あづちじょう》にも置かれていた甲冑《かっちゅう》が飾られている。

中央に立った朽木は皆を睥睨《へいげい》し、ゆっくりと愛用の西洋椅子《いす》に腰掛ける。

上着を肩からかけ、右腕はまだ白い布でつったままだ。景虎《かげとら》との衝突で負った怪我《けが》はだいぶ癒《い》えたが、右腕に後遺症を残した。

「……今宵《こよい》、皆を集めたのは他でもない」

鋭い視線を振りまきながら、朽木慎治は――織田信長《のぶなが》は、言った。

「根針《ねばり》法の壇《だん》が次々と掘り返されているというのは、まことか」

森蘭丸《もりらんまる》は深くひれ伏した。

「……不甲斐《ふがい》なきこと。甚《はなは》だ申し開きの次第もございませぬ」

「是非《ぜひ》もなし」

告げると、信長は立ち上がり、背後の刀架《かたなかけ》から太刀《たち》を一振り、片手で鞘《さや》から引き抜いて、白刃《はくじん》を晒《さら》すやいなや、森蘭丸の鼻先へと振り下ろした。

場が凍った。

「奇妙丸《きみようまる》はまだ、取り返せぬのか」

「居所は摑《つか》めど、なかなか手が出せず」

「……夜叉衆《やしやしゆう》か」

と言うと、刀の峰《みね》で蘭丸の顎《あご》を持ち上げた。

「景虎《かげとら》はどこだ」

「月山《がつさん》にございまする」

「ほう、月山」

「月山の壇破りをもくろんでおりまする。黒母衣《くろほろ》衆の河尻《かわじり》殿を差し向けました」

「茶筅丸《ちやせんまる》のいる月山、か」

というと、信長はにやりと笑った。

「では、奴《やつ》らの居所へ再び『第六天魔王の雷《いかづち》』落としてやろうか」

「それもよろしいかとは思いますが」

厳《おごそ》かに口を開いた白髪の老宮司《ぐうじ》は、六王教の御灯守《みとうもり》・阿藤忍守《あとうおしもり》だ。

「肉体を滅ぼしても肉体を換えて甦《よみがえ》る者には、あまり効果なきものかと」

「そのとおりだ。忍守。霊魂《れいこん》ごと破壊せねば、何度でもわいてくる」

信長は刀を下げた。

「上杉《うえすぎ》夜叉衆討伐《とうばつ》令を発する」

集まった家臣団と六王教幹部を睥睨して、静かに宣言した。

「二度と換生《かんしょう》できぬよう、夜叉衆全員の魂核《こんかく》を砕く。あらゆる手立てを尽くし、霊魂を捕縛連行し、この信長に捧《ささ》げよ。よいな」


一ノ間を後にした信長を、寝所に至る外廊下まで追いかけてきた者がいる。御灯守の息子・阿藤守信《もりのぶ》だった。

「どうした。守信」

「夜叉衆の直江信綱《なおえのぶつな》の件にて、ご報告致したきことが」

「なんだ。申せ」

守信は武家の者のように「はっ」とひざまずいた。

「北里美奈子《きたざとみなこ》を連れて逃亡中の直江信綱は、九州に潜伏している様子」

「九州だと」

「はい。どうやら戦列を離れ、他の夜叉衆と行動を異《こと》にしているようです。居所を摑めれば北里美奈子とふたり同時に捕縛できるかと。その役目、この守信にお任せ願えませぬか」

若い守信は血気盛んで野心家でもある。現代人だが信長という男への信奉《しんぽう》心と忠誠心は半端ない。戦国時代を知らない自分に引け目もあるようで、手柄を立てることには貪欲《どんよく》だ。

「だが《力《りょく》》を使われたら、どうする。相手は夜叉衆であるぞ」

「武器の扱いは心得がございます。夜叉衆は換生者でもない現代人を殺せません。つまり私は《調伏《ちょうぶく》》されない」

ご指名ください、と守信はギラギラとした目で訴える。戦国武将以上に野心家である守信を、信長は気に入ってもいた。

「そなた、面白い。戦国の世に生まれておれば、一国一城の主《あるじ》、いやそれ以上にもなれたろうな。赤母衣《あかほろ》部隊をつれていけ。だが不用意には手を出すなよ。十分、機を待て」

「ありがたき幸せ！　必ずや殿の御前に直江信綱と北里美奈子両人、熨斗《のし》をつけて差し出してみせます！」

宣言して去っていく守信を、信長は薄く微笑《ほほえ》みながら見送る。そばにいる蘭丸もその気迫には気圧されたか、目を瞠《みは》っている。

「あやつ、又左《またざ》めに似ておるの」

「前田又左衛門《まえだまたざえもん》（利家《としいえ》）殿でございますか」

「ああ、槍《やり》の又左だ。武勇を好んで、子供時代はよう共にかぶいたものよ。顔に矢を突き刺したまま敵陣に突っ込むなど、あの者以外にはなかったろうな」

「もしや又左衛門殿の生まれ変わりでは……」

信長は鼻をならして、同意も否定もしなかった。そもそも転生など信じていないのだ。意識が尽きたら、終わりだ。生まれ変わったところで別人になるだけだ。

「又左は思い残すことなく成仏《じょうぶつ》したのだな……」

「おそらくは」

「悔いなき人生というわけか」

揶揄《やゆ》するように嗤《わら》い、信長は庭に揺れる篝火の炎を見やった。

「……あいにくこの信長は、たった四十九年の人生では燃え尽きることができなんだ。ならば心の油が尽きるまで燃焼しきる他あるまい」

信長は肩にかけた上着を引き寄せた。夜風が冷たくなっていた。

そんな信長の背後から、声をかけてきた者がいる。壮年の男女だ。男は恰幅《かっぷく》がよく、分厚い胸板で羽織袴《はおりはかま》をまとっている。女は色白の細面《ほそおもて》で、切れ長の目をしている。

「玄蕃《げんば》か。どうした」

信長は振り返らずに言った。男のほうは、鬼玄蕃、こと佐久間盛政《さくまもりまさ》だった。

「殿。我が娘、虎《とら》を連れてまいりました」

「虎姫か。なにがあった」

「松子《まつこ》様が亡くなりました」

なに、と信長が肩越しに振り返った。細面の女は盛政の娘、虎姫だ。虎御前とも呼ばれた。

「奇妙丸様と茶筅丸様の、母御が亡くなられました」

「松子が……死んだ」

根針法のために産み落とされた赤子ふたりの、産みの母だ。六王教の信者だった。

織田家の血に繋《つな》がる者で、類《たぐ》い希《まれ》な霊能力を持っており、戦巫女《いくさみこ》としてその能力を買われていた。自《みずか》ら志願して産女《うぶめ》となったが、ふたりを産み落としてから精神状態が悪く、長く床に臥《ふ》せっていたのだが……。

「呪詛《じゅそ》か」

「急に苦しみだしたかと思うと、まもなく息を……」

「いえ……。いつもの発作からかと。心《しん》の臓《ぞう》が弱っておりました……」

沈痛そうに虎姫はうなだれた。奥を預かっていたのは虎姫だった。生前は七人の子を産み育てた虎姫は、乳母《うば》として松子母子のことを世話していた。信長は横顔を見せたまま、しばし黙り込んでいたが、

「……。胎《はら》の子も、か」

「取り上げるには、まだ月が足りず」

「ねんごろに弔《とむら》ってやれ」

と言うと、能面のような顔で金華山を見上げる。蘭丸が傍《かたわ》らから冷静に言った。

「松子に匹敵する戦巫女は、やはり北里美奈子しかおりませぬ」

「守信に捜索を急がせよ」

信長は月を睨《にら》んで言った。

「月山の守りを固めよ。茶筅丸を奪われてはならぬ。玄蕃、そなたもただちに月山へ行け」

「はっ」

佐久間盛政は「奇妙丸様は」と言葉を継いだ。

「されど奇妙丸様の奪還がまだ……」

「もう、よい。討ち取れ」

は？　と盛政と虎姫が同時に声をあげた。

「討ち取れとは……、奇妙丸様を、ですか」

「織田の子として、敵に利用されるくらいならば自害せよ、と。申し伝えるべきところだが、相手が赤子ではままならぬ。そなたが息の根を止めてやれ」

「殿！　どうかお考え直しを！　奇妙丸様はまだ赤子です。あまりにもおいたわしい！」

「いたわしい……？　生きて地中に埋められることよりもいたわしいことが、あるか」

反論した虎姫も息を呑《の》んだ。信長は青白い顔で冷たく言った。

「だてで魔王を名乗ってきたわけではない。焼き討ちして殺した人間の数に、ひとり、加わっただけのこと。わしに人並みの情を求めるでない」

突き放すように言い、佐久間父娘《おやこ》を置いて信長は歩き出していく。

虎姫は、しかしまだ釈然《しゃくぜん》としない面持ちでいる。

付き従ったのは蘭丸だった。外廊下を歩きながら、信長は言った。

「大山《だいせん》の修復を急げ。白山《はくさん》と熊野《くまの》の壇も強化せよ」

「御意《ぎょい》にございまする」

「東京五輪までに、信長は日本の王になる」

金華山の黒いシルエットが庭の向こうにそそりたつ。信長の居城・岐阜城がある山だ。

岐阜は列島の中央にある。この金華山が霊脈を集める。

信長の念頭には、新橋の料亭で景虎と対峙した時に現れた、青い炎をまとう修行僧の姿がある。謙信だ、と信長は判断した。謙信がついに自ら現れた。それが意味することを。

「我が覇道《はどう》に立ちはだかる上杉謙信《けんしん》めを打ち滅ぼし、今こそ夜叉どもを全員討ち取る。……決戦じゃ。決戦の支度をいたせ」

「決戦……。はっ!」

蘭丸はひれ伏した。

信長は冷たい目の奥に、青白い焰《ほのお》のような殺気を燃やし、金華山にのぼる月を睨んだ。

「決着の時だ。貴様に《調伏》されるのが先か、このわしが破魂《はこん》するのが先か。我らが因縁、終わりにいたすぞ、景虎」

＊

月山の結界《けっかい》は想像以上に強固だった。

景虎たちも何もなしには打破するどころか、立ち入ることすらできなかったが、出羽三山《でわさんざん》を守る即身仏《そくしんぶつ》たちを味方につけていたのが功《こう》を奏《そう》した。

雲門海《うんもんかい》たちがそれぞれの場所から力を集めて、織田の多重結界を一定時間、無効化することに成功した。景虎たちは間隙を縫い、侵入して月山の壇へと急行した。

「……えらい人数だな」

長秀と景虎は草むらに身を潜《ひそ》め、頂上を見上げている。

月山の頂上は、標高が二千メートル近くあり、樹木はなく、草原が広がっている。雪はまだ辺りを覆《おお》うほどではないが、すでに何度か降ったのだろう。場所によってはアイゼンが必要だった。

八合目より上は臥牛《がぎゅう》の背にたとえられるほどなだらかだが、頂上部の月山神社があるところだけ槍のようにきゅっと高くなっており、石垣で覆われている。月山神社の本宮が建つ。

出羽三山のうち、羽黒山《はぐろさん》は現世の山と言われる。そして月山は死者のいく山だ。巡礼者は月山を登って死を体感し、湯殿山《ゆどのさん》で再生を果たすという。

その月山神社から少し下がったところ、やや平坦となったあたりは弥陀ヶ原《みだがはら》という。沼地は仏生池《ぶつしょう》だ。そこに地図には載っていない堂が建っている。

「あそこが壇だ。月山の根針壇」

「あの下に産子《うぶこ》が埋まっているのか」

景虎も険しい表情になった。勝長《かつなが》たちが石鎚山《いしづちさん》で発見したものとよく似ている。

「四人の人柱もだろうな。だが、助け出すには門番を全員《調伏》しないと」

陣幕が張ってある。織田の木瓜紋《もっこうもん》だ。甲冑や具足《ぐそく》をつけた武者たちが警備をしている。無数の槍が天をつき、青白い篝火が揺れている。怨霊《おんりょう》の軍団だ。

見ただけでうんざりするような数だ。頂上付近が青白い炎を噴き上げて見えるのは、彼らの霊力によるものだった。

「うちの上杉軍団にもひけをとらねえな。どうする、景虎。あれだけの数と真っ向勝負すんのは、骨だぜ」

「《結界調伏》で一気に片をつけたいところだが」

景虎は慎重に霊査《れいさ》する。

「……場所が悪い。月山神社が近すぎる。しかも本宮を支点に五連結界を張ってある。異種力反発で防ぐ類《たぐい》だ。織田は《結界調伏》対策をとってる」

「ふん。手の内バレバレかよ」

「《結界調伏《ばち》》に持ち込むには、月山神社ごと壊さないと」

「そいつは罰当《ばちあ》たりだな。なら、どうする」

長秀《ながひで》は掌《てのひら》の中で木端神《こっぱしん》を弄《もてあそ》びながら、言った。

「呼んじまうか。冥界《めいかい》上杉軍」

（確かにここで発動してしまえば、根針壇は確実に壊せる）

景虎は計算を巡らせる。以前発動した時は、山体崩壊を引き起こした。巻きこまれたら自分たちもひとたまりもない。

実際に来てみてわかったが、思いのほか、地盤が脆弱《ぜいじゃく》だ。山体崩壊の痕《あと》もあり、もともと地滑りが起こりやすい。この場所で開扉《かいひ》法を行ったら、確実に山が崩れる。

肉体をひとつ失う覚悟で発動するか。それとも別の方法をとるか。

「その宿体《しゅくたい》に未練はあるか。長秀」

「……ふん。結構、気に入ってたんだがな。おまえは？」

「あるわけもない」

そうでなくとも肺は弱りきってお世辞にも健康体とは言えない。新しい体に乗り換えてしまえば、ぼろぼろの肉体からは解放される。死をもってしか逃れられないのは常人と同じだが、それでも「肉体から逃れて生きる」という選択肢があるのが、換生者だ。

景虎の脳裏《のうり》によぎったのは、鉄二《てつじ》だ。直江に告げた言葉……。

──次におまえに会う時は、あの姿かもしれない。

「……どうすんだ？　やんのか。やんねえのか」

黙り込んだ景虎は、草むらの向こうの、光るふたつの目を見て、身構えた。見れば、キツネだった。夜行性のキツネが餌《えさ》をとるために出てきたようだ。

よく見れば、兄弟だろうか。近くに数頭いて、こちらを警戒している。

ふと景虎の心にひとつの想《おも》いがよぎった。決断は、早かった。

「……発動はとりやめる。肉弾戦でいく」

「本気か。数百体はいるぞ。あれ全部いちいち《調伏》してく気か」

確かに、冥界軍を発動する開扉法や結界調伏は、肉体にかかる負担は大きいが、一度で済む。一方、通常の《調伏》で数をこなすのは持久力がいる。きついのは明らかに後者だが。

景虎はあたりの景色を見回した。

満天の星が降る空の下、月山のなだらかな稜線《りょうせん》が、宇宙と大地とを区切っている。臥牛にたとえられる月山の雄大な大地には、草原が広がり、月明かりに照らされて遠くの山までうっすらと浮かび上がる。

この美しい風景を、破壊する権利は、自分にはない、と景虎は思った。

人はいないように見えても、ここを住《す》み処《か》とする生き物がいる。命を巻き込むという意味では同じだ。

それ以上に、気の遠くなる時間が作り上げてきた月山の、この雄大な風景を、自分ごときが変えてはいけないと感じた。

長秀に言えば、感傷となじられるのがわかっていたから、口にはしなかったが。

「山体崩壊が起きた時、麓《ふもと》の集落まで巻き込む恐れがある。やはり肉弾戦でいく」

「俺は構わねえが、おまえの体力はもつのかよ」

長秀は至極まっとうな心配をした。

「途中で息切れして怨霊どもの餌食《えじき》になっても、助けらんねえぞ」

「一度の《調伏》の精度と火力をあげる。無駄弾《だま》は撃たない」

それでも長秀が心配そうな顔を崩さないのは、晴家《はるいえ》から聞いているからだ。景虎の《力》が不安定だという話を。時々、念を制御しきれていないという。だが、言ったところで強がるのが目に見えていた。

「まるで俺が下手な鉄砲撃ちみたいな言いざまだな。てめえよりはマシだ。出がらしになるまで、出しきりゃいいんだろ。大将」

そうと決まったなら、やるしかない。長秀も腹をくくるのは早かった。

「もっていけ」

用意した札を半分渡す。が、長秀は「いらねえ」と拒《こば》んだ。

「俺にはこいつがあるからな」

「木端神か。まあ、やりたいようにやればいいさ」

景虎は身を防護するように、革ジャンのファスナーを首まであげ、首元のベルトも固く締めた。長秀も革手袋を手にはめて、閃光《せんこう》防御用のサングラスを頭にのせた。

「生きて帰れなかった時はどうする」

「キツネにでも憑依《ひょうい》して湯殿山神社に戻れ」

死者のいく山、と言われる月山は、その夜、文字通り、亡者《もうじゃ》の戦場となった。

死闘が始まった。

＊

月山の異変は、湯殿山で待つ鉄二たちにも嫌でも伝わった。

頂上付近に何度も怪光《かいこう》が閃《ひらめ》いた。落雷ではない。それが証拠に、雲は全くなく、満天の星空が覆っている。それでも青や赤や白い光がひっきりなしに頂《いただき》から躍《おど》り立つ。

地鳴りとも地響きともつかぬ鳴動《めいどう》が、湯殿山一帯まで伝わってきて、見守る者たちを不安に駆り立てた。

「なんなんだ、これ……。なんなんだ……」

遠見能力のある鉄二には、加瀬《かせ》たちの戦いが見えている。およそ人間とは思えない戦いぶりに震え上がっている。

《調伏》を行使するところはすでに何度も見ていたはずだ。なのに月山での加瀬たちの振る舞いは、常軌《じょうき》を逸《いっ》していた。先日見た鎧鬼《よろいおに》よりも遥《はる》かに人間離れした二匹の夜叉が暴れまわっている。

「うっ！」

いきなり鉄二が額《ひたい》を押さえて崩れこんだ。立ち上がれない。八神《やがみ》が驚いて介抱《かいほう》した。

「おい、大丈夫か！」

「あたまいてえ……あたまが……っ」

長時間、遠見をしすぎて限界を超えてしまったのか、鉄二は頭を抱えてうずくまってしまう。透視も遠見も第三の目を酷使《こくし》する超能力だ。やりすぎると神経が焼き切れてしまう。

「もういい。無理をするな。あとは我々が見守る。スイッチを切って休んでいろ」

「はい……」

《軒猿《のきざる》》に抱えられながら、宿坊《しゅくぼう》の奥座敷へ連れて行かれた。

湯殿山の御神体の前では、修験者《しゅげんじゃ》たちが修法を執り行っている。鳴動は時折、明らかな震動も伴《ともな》って、ますます居合わせる者たちを不安に陥《おとしい》れた。

宿坊の玄関先から祈るような想いで月山を見つめていた八神の背後に、音もなく近づいていった男がいる。

「景虎は、どうやら冥界上杉軍の発動を見送ったようだな」

「！　……貴殿は！」

黒いコートと山高帽《やまたかぼう》をかぶった、おかっぱ頭の若者がいる。

「高坂《こうさか》殿！　いつからここに！」

「いつからだと？　景虎たちが戦いをおっ始めた時から、ずっといるが？」

気配もなかったので、八神は不覚にも気がつくことができなかった。高坂は目を細め、まるで花火見物でもしに来たように月山の怪光を眺めている。

「……つまらんな」

高坂には見えるようだ。

「冥界上杉軍の発動が久しぶりに見られると知って、見物に来てやったのに。臆病《おくびょう》風に吹かれたか、景虎め。今度はいくつの村が埋まるかと楽しみにしていたものを」

「どこでそれを！　誰かが漏《も》らしたのか！」

すると、高坂はうっすらと微笑んで、コートの内側からカラスの羽を一本、取りだした。

「……私にはしもべがいるのだよ。どこにでも偵察に飛んでいく。おまえたち、愚鈍《ぐどん》な猿とは比べものにならん」

「きさま……言わせておけば！」

「しかし冥界軍を呼び出せば、織田の軍勢ごとき一蹴《いっしゅう》だろうに。腰抜けめ。そんなだから信長に根針法など許してしまうのだ」

八神はいきり立って、高坂の胸ぐらを摑んだ。

「大口を叩《たた》くな、高坂弾正《だんじょう》！　我が主を愚弄《ぐろう》するなら叩き斬《き》るぞ！」

「八神殿は景虎公の信奉者であられたか。時に、直江の姿が見えないな。どこに姿をくらました」

これには八神も詰まった。高坂はお見通しだ。

「……ふん。北里美奈子か。自分の女を家臣とふたりきりで逃避行させる……とは、景虎殿もずいぶんと──」

「貴様も武田《たけだ》の人間だろう！　だったら、ゆかりの者ぐらい己《おのれ》で守ってみてはどうだ！」

「むろん信長ごときの好きにはさせん。だが……」

高坂は月山の方角を見やった。まだ決着はつかない。たったふたりで織田の怨霊と戦っている景虎と長秀だ。雲門海たちの支援を得た霊力のぶつかり合いは、だが地脈を刺激している。噴火の兆候《ちょうこう》のような地鳴りが不気味に辺りに響いている。

「三十万年ぶりに噴火するか、月山。生きて帰ってくるのは、困難……かな」

地響きがガラス窓をビリビリと震わせている。

電灯もつけていない部屋で、横になっていたはずの鉄二が、むくりと起き上がった。

カーテンも閉めていない。夜空を染める怪光のひらめきが部屋の中まで照らしている。

鉄二は目を開いて、じっとしている。

ゆっくりと髪をかき上げると、額の真ん中に、赤く盛り上がった斑点《はんてん》がある。仏の白毫《びゃくごう》やインド人のビンディを思わせるそれは、艶々《つやつや》とよく輝いている。

指先で触れて、鉄二はニヤリと薄く笑った。

振り返り、月山のほうを見る。

激しい鳴動は続いている。夜空は不気味なほど赤く染まった。

＊

「南無刀八毘沙門天《なむとばつびしゃもんてん》！　悪鬼征伐《あっきせいばつ》、我に御力《おんちから》与えたまえ！　――《調伏》！」

怒濤《どとう》の《調伏》は二十回に及んだ。景虎と長秀も、死力を尽くして戦闘に戦闘を重ね、迎え撃つ織田の武者霊を倒し続ける。

（こいつ……っ）

長秀は圧倒されていた。景虎に、だ。少し前から危なっかしいとは思っていたが、景虎の強さは限度を知らない。まるで自分が遥か後ろに置いてきぼりをくったような、わけのわからない焦燥感が、長秀を襲《おそ》っていた。

景虎は血走った目で、次々と武者の攻撃をかわし、倒していく。その躍動はとどまるところを知らず、肺に傷がある人間とも思えない。

（こいつ不死身か！）

目を剝《む》くほどの凄《すさ》まじさだ。

「《調伏》！」

景虎が二十二回目の《調伏》をくらわす。

燃え尽きるようにこれでもかこれでもかと一発一発を撃ち出す。鬼神もかくや、という猛々《たけだけ》しさに敵は総崩れになった。

たった一騎だ。

景虎という、たった一騎のために。

「くそ！　てめえは怪物か！　それ以上無茶すんじゃねえ……うお！」

長秀めがけて太刀が振り下ろされた。斬りかかってきたのは、現代人の格好をした屈強な男だ。迷彩服を着ているが一目で憑依霊だとわかった。軍勢を率いる大将格だった。

「我が名は黒母衣衆筆頭《ひっとう》！　河尻秀隆《ひでたか》！　ここから先はいかせん、夜叉衆！」

手には太刀を構えている。ただの太刀ではない。刀身にひとの顔が浮かび上がる。狂刀《きょうとう》だ。

怨念《おんねん》が宿って付喪神《つくもがみ》化した武器だった。かつて景虎の愛刀・吉祥丸がそうなったのと同じように、邪気《じやけ》を振りまいて斬りかかる。《護身波《ごしんは》》で受けきって、長秀と景虎はかまえた。

「貴様が大将か！」

「上杉景虎、安田《やすだ》長秀！　待ちわびておったわ！」

「ほう、俺ら有名人かよ」

「信長公が御所望じゃ、その首もらいうける！」

河尻が仕掛けたのは、麻痺《まひ》呪詛だ。神経を麻痺させて力の巡りを遮断《しやだん》する。まるで力を吸い取られるように念が使えなくなり、ふたりは丸腰のような状態に陥《おちい》った。

「くそっ、念がまわらねえ……っ」

「撃てい！」

念鉄砲を構えた武者たちが、景虎と長秀めがけて発砲する。蜂《はち》の巣《す》になった、と思われたふたりだが、体には傷ひとつない。目に見えない壁が立ちはだかって念弾を無効化した。目の前にいるのは雲門海だ。正確には雲門海の投念だ。彼だけではない。出羽三山中の即身仏が、投念を発して月山頂上に次々と現れた。

「まさか！」

「！」

目にもとまらぬ速さで、景虎が腰ベルトに差した拳銃《けんじゆう》を河尻の腿《もも》めがけて発砲した。河尻は、悲鳴を発して倒れこんだ。同時に長秀が動き、河尻の狂刀を取り上げて、羽交い締めした。

「やめろ……きさま……」

「はい、鍵《かぎ》みっけ」

河尻の腰から根針壇の鍵を奪い、景虎に投げる。やめろ！　と怒鳴った河尻の霊体が、急速に膨張して肉体を脱し、ふたりを圧倒した。

「なんだ、こいつ！」

「いかん！　防御しろ！」

《貴様らは、ここで終わりじゃ――ッ！》

猛烈な毒気が襲いかかってきて皮膚《ひふ》がジュッと音をたて、焼かれそうになる。素早く動いたのは景虎だった。長秀から狂刀を取り上げると、迷わずその切っ先をまっすぐに構えて河尻の霊体を貫《つらぬ》いた。

悲鳴があがった。

「やれ、長秀！」

「〃《バイ》〃！」

外縛《げばく》して、真言《しんごん》を唱《とな》える。

「南無刀八毘沙門天！　悪鬼征伐、我に御力与えたまえ！　《調伏》！」

ひときわ、派手な閃光が撃ち放たれた。河尻の霊体はまともに閃光を浴び、光のなかへと消えていった。

それが最後だった。まさかと思うような勢いで、ふたりは月山を制圧した。

怪光が乱れ飛んだ頂上に、ようやく静穏《せいおん》が戻ってきた。

だが、ふたりともぼろぼろだ。全身傷だらけで手足がまだ体についているのが不思議なくらいだ。ふたりはたまらず地面に座り込んだ。景虎は手にした狂刀を地面に突き刺した。

「これで終わりじゃない……。産子を助けださなければ」

「ああ、そうだな……くっそ」

よろめきながら立ちあがり、扉の鍵をあけ、壇のある堂内へと足を踏み入れる。一瞬、ぐらり、と目が回るような感触がした。

顔をあげた景虎と長秀は、あっと息を呑んだ。

堂内には四人の女が倒れている。人柱にされた女たちだ。

駆け寄った景虎は、鼻と頸動脈《けいどう》に指先をあて、呼吸と脈を確かめる。すぐに心臓マッサージを始めた。

「長秀、そっちも介抱しろ！」

残りの三人は気絶している。かろうじて息はある。長秀は急いで中央の壇にあがった。ひときわ大きな多宝塔《たほうとう》の扉を開き、中を覗《のぞ》き込む。

空っぽだ。

中にいるはずの産子がいなくなっている。

「どういうことだ。だが、ついさっきまで根針法は稼働してたはず……」

「――……ツレテ……イカレタ……」

え？　と景虎は振り返った。

倒れていた人柱の女が景虎の手を摑んで、うめくように訴えた。

「……私タチノ……茶筅丸……ツレテイカレタ……」

「連れて行かれただと？　誰に？」

「オダ……ノ……オトコ……」

他の女たちも床に這《は》いつくばって、景虎たちめがけて近づいてくる。

「返シテ……赤チャン……返シテ……」

「私タチノ……アノコ……返シテェェェ……」

前触れもなく、四方の扉が開け放たれた。入ってきたのは、武装した男たちだ。自衛隊の隊員だった。十数名はいるだろうか。手には全員、自動小銃を握り、銃口を景虎たちに一斉に向けてくる。

「動くな、加瀬賢三《けんぞう》！」

「！」

景虎と長秀は、突然のことに驚いて、身構えた。

どこにこんなに潜んでいたのか。離れた場所に潜伏していて、ふたりがおびただしい怨霊たちを全て倒し、堂内に入るのをあらかじめ予想して待ち伏せていたようだ。

「なんなんだ、てめえら……っ」

「……ふたりとも、手をあげろ」

自衛隊員の後ろから、迷彩服に身を包んだ中年男性と黒ワンピースの中年女性が現れた。

女の腕には赤子が抱えられている。おくるみにくるまった福々しい顔の乳児は、その腕の中で、よく眠っている。

「！　……まさか、そいつが！」

茶筅丸だ。

月山の産子だった。根針法のために壇の底に埋められた、信長の子供だ。

取り返そうと動きかけたふたりは、自衛隊員に銃をつきつけられて身動きがとれなくなる。

仕方なく両手をあげた。口ひげをたくわえた赤ら顔の中年男性は、悠然《ゆうぜん》と告げた。

「貴様らが上杉景虎と安田長秀か。存外若いな。いや、換生者に年齢は不問か」

「おまえは誰だ」

「我が名は、織田家重臣・佐久間盛政。こちらは我が娘、虎」

景虎と長秀はギョッとした。鬼玄蕃と呼ばれた、織田家きっての猛将だ。

四国の勝長たちのもとへも現れて、石太郎《いしたろう》こと奇妙丸を取り返しに来たのも、この父娘だった。

「俺らに先回りして自ら壇を捨てたのか。おあつらえむきだな、鬼玄蕃。だがその赤ん坊に用がある。こっちに渡しな」

長秀が気を吐くが、盛政はあれほど壮絶な鬼神のごとき《調伏》を目《ま》の当たりにしても、全くふたりを恐れる気配はなかった。

「……観念するのは、そちらのほうだ。上杉」

「言っておくが、ここにいる全員の息を一瞬で止めることくらい、朝飯前だぜ」

隊員たちがトリガーにかけた指に力をいれかける。景虎は《力》を蓄えようとして、ようやく異変に気づいた。

（なんだ……？）

《力》が体から湧いてこない。

上体から全身の血がスーッと足先におりていくような、異常な感触がして、景虎は動揺した。景虎だけではない。長秀も同じ感触を味わっているのか、表情が強《こわ》ばっている。

「どうした？　《力》を使ってみろ」

鬼玄蕃があしらうように言い放った。

「ここにいる全員を一瞬で仕留めることくらい、わけないのだろう。ならば、やってみろ」

挑発に乗ったわけではない。いやな感触を振り払おうと、景虎は自衛隊員の手にする銃を念動力で取り上げようとしたが、全く動こうとはしない。

長秀も念を撃ったが、何も反応がない。どころか、念を生み出す感触すらなかったのだ。

（《力》が使えない！）

「ようやく気づいたか。上杉夜叉衆。この堂に仕掛けた罠《わな》に」

「罠だと」

「そうだ。この堂内で、貴様らは一切の《力》を使えない」

鬼玄蕃は、獲物を仕留めた猟師《りょうし》のような目つきになって、言った。

「法力も念動力も……。この結界の中では無効だ。ようやく完成しましたな、滝川《たきがわ》殿」

「ああ、見事だ。玄蕃殿」

その後ろから、黒いコートを羽織《はお》った背の高い男が現れた。眼光鋭い、痩身《そうしん》の男だ。顔にはまるで見覚えはないが、口調に聞き覚えがあった。

「久しぶりだな、上杉夜叉衆」

「滝川……一益《かずます》か……」

またしても憑坐《よりまし》を変えた。これで何体目だろう。いくらでも服を着替えるように体を乗り換えられるのは、憑依霊の特権でもある。しかし景虎と長秀は、醸《かも》す霊気でわかるようになってしまった。

「どうだ。《力》が使えないというのは。ただの人間になるというのは、なかなかに心細いものだろ」

「なにをした。ここに何を仕掛けた」

「《吸力結界》」

「！」

信長が配下に命じ、編《あ》み出した究極の結界だ。六王教の鬼力《きりき》結界は《力》を弱めるだけのものだったが、それを進化させ、対上杉用に究極の結界を生んだ。実戦にもちいるべく、この月山で準備を進めてきたのだ。むろん景虎たちが奪還に来ることを見越して、だ。

「その結界の中ではどんな超常能力も使えない。自ら生み出す念はもちろん、《調伏力》も、一切の呪具《じゆぐ》法具もな」

「ばかな……っ」

景虎は印を結び、法力を使おうとした。……が、だめだ。真空状態の中で刀を振り回すようなものだ、全く手応《てごた》えがない。滝川の言うことははったりではない。《力》が一切使えなくなってしまっている。

「この結界は外から破らん限り、内側にいるものは、手出しができん。おまえたちが堂内に入った瞬間に、勝負は決していたんだよ」

以前、夜叉衆は悪縁破断法をくらって《調伏》が一時的に使えなくなってしまうことがあった。が、それ以上だ。《調伏力》のみならず、念も法力も使えない。

周りは銃口に囲まれている。

景虎が腰に差した拳銃の、残りの弾は、五発。しかし一発撃ったところでその瞬間、たちまち蜂の巣にされるのは目に見えている。

「外に出たいなら、体を銃殺させて、霊体のみ脱出するしかないが……」

景虎の心を読んだように、一益が言った。

「ここにいる全員の肉体には被甲護身《ひこうごしん》を施《ほどこ》してあり、怨霊は憑依できないし、むろん換生もできん。誰かに憑依して脱出しようなど、無駄だ」

鬼玄蕃の指示で、自衛隊員が銃を構えたまま、景虎たちに近づいていく。景虎と長秀は、絶体絶命だ。このままでは生け捕りにされてしまう。

四方を見回し、状況を一瞬のうちに計算する。長秀に目配せする。長秀は、景虎がちらりと目線を背後の隊員に向けたのを見逃さない。

ゆっくりとふたりは手を上げたまま、背中合わせになった。

次の瞬間——。

長秀が素早く景虎の後ろ腰から拳銃を抜き、振り返りもせず、景虎の正面にいた隊員の腿を後ろ手で撃った。撃つのと景虎がその隊員に飛びかかるのが同時だった。すぐに隊員たちが発砲したが、二手に分かれた標的に一瞬混乱が生じた。

長秀は反対側に飛び退《の》きざま、援護射撃する。息もつかせず、景虎が羽交い締めした隊員を楯《たて》にして小銃を奪うと、そのまま腰だめに乱射した。堂内は大混乱になった。長秀は低く床を転がって弾をぎりぎりかわし、鬼玄蕃たちめがけて突進する。

　鬼玄蕃が真正面から発砲する。

　長秀は腕にくらったが、お返しとばかりに腹に一発撃ち込んだ。

「父上！」

　長秀の目標は、虎姫だった。初めからそうだった。

　長秀の突進をまともにくらい、ぎゃっと悲鳴をあげ、虎姫が赤ん坊もろとも倒れ込む。勢い余って腕から落とした赤ん坊が、火のついたように泣き出した。その小さな手から、小石が転がり出て、長秀が素早く拾い上げる。

　堂全体が激しく揺れ始めたのは、その時だ。

「うお……！」

　取り囲むように現れたのは、雲門海たち即身仏だ。投念によって現れた即身仏は怒りに燃え上がり、《吸力結界》を打破せんと外から攻撃を始めている。

　堂内の混乱から抜け出した景虎を、銃弾が追ってくる。足を撃たれて転がったところに、大きな風が叩きつけてきた。大地を這うようにして飛び込んできたそれは、見れば、龍《りゅう》だ。

　巨体の龍が突っ込んできた。

「なに！」

　一益も鬼玄蕃も、目を疑った。ごおっと風を巻き上げて飛び込んできた龍のたてがみを、通り抜けざまに景虎が掴み、馬にでもまたがるように身をのせた。

「長秀！」

手を伸ばし、長秀の腕を掴む。すくい上げられ、どうにか長秀も龍の背にしがみついた。

「ばかな！　なんだ、あの龍は！」

「撃て撃て！　逃がしてはならん！　撃てえ！」

一益が怒鳴り、隊員たちが発砲を繰り返す。だが、龍には小石ほどにしか感じられないのか、その飛行を止めることはできない。

そのまま弥陀ヶ原を舐《な》めるように飛び、麓めがけて駆け下りる。

だが、その時だった。

カッ！　と頭上に稲光《いなびかり》が閃いた。

景虎と長秀は刹那《せつな》、天から迫る凄まじい圧を感じ取った。龍が大きく暴れてふたりを背から振り落としたのが、ほぼ同時だった。

一瞬、空が真っ白に染まり、一筋の落雷が龍の体を貫いた。

斜面に転がった景虎と長秀が、叫んだ。

「雪蛇《ゆきへび》――！」

龍は激しく青白い炎を噴き上げながら、のたうちまわり、やがてドオッと地面に倒れ込む。

同時に体中から鱗《うろこ》が青白い火の粉となって剝《は》がれ落ち、そのまま胴体《どうたい》が燃え朽ちていく。龍は数回、体を波打たせたが、やがて弱まって動かなくなっていく。

「雪蛇！　おい、雪蛇！」

「駄目だ、景虎！　まだ来るぞ！」

長秀に腕を引かれ、急斜面を滑るようにして逃げる。再び夜空が白く閃いた。

二発目の雷撃は、ふたりのすぐ背後に落ちた。

衝撃で足が浮く。その一撃が致命的な土砂《どしゃ》崩れを引き起こした。

轟音《ごうおん》が響く。

「防御しろ、雲門海！」

景虎の体を脇に抱えた長秀が怒鳴った。

斜面がえぐり取られるようにして崩れだし、長秀と景虎の姿も巻き込まれていく。大量の土砂が崩壊していく轟音が弥陀ヶ原に響き渡る。

山体崩壊こそ免《まぬが》れたが、大きく土砂崩れした斜面からは、もうもうと砂煙が立ち、山頂付近から視界を奪った。

滝川一益と佐久間盛政たちも、突然のなりゆきに言葉もない。

崩れた大量の土砂は谷を埋め、景虎と長秀の姿はそこにはもう、なかった。

第四章　毒と雪

阿蘇《あそ》は晩秋を過ぎ、冬の支度を始めていた。

美しかった紅葉《こうよう》も皆、散り、衣《ころも》を脱ぎ捨てた木々は寒そうに、裸の枝を晒《さら》している。

まだ冠雪《かんせつ》こそしていなかったが、暖房なしには過ごせない日が多くなった。

直江《なおえ》は十日に一度、麓《ふもと》に降りる。

柳楽《やぎら》から車を借り、最低限の日用品や食料を買いに出る。

家の修繕《しゅうぜん》も自分でやらなければならない。この日は雨漏《あまも》りを直すため、建材を買いに来たのだが、紹介された木材加工業者が内牧《うちのまき》温泉の近くにあり、そこまで軽トラックを走らせた。

「また何かあったら、きんしゃい。廃材でよかやったら、安か値段で分けてやれるけん」

「ありがとうございます」

無事建材を手に入れ、車に乗り込もうとして、ふと直江は、肩にちらりと降りかかるものに気づいた。

雪だ。

初雪だった。

どうりで冷え込むわけだ。

直江は雪のちらつく田んぼを見、その向こうに横たわる阿蘇の五岳《ごがく》を見やった。

（釈迦《しゃか》の涅槃《ねはん》像……）

北阿蘇の外輪山《がいりんざん》の麓から見る五岳は、確かに、ひとが仰向けに横たわっているように見える。ゴツゴツとした根子岳《ねこだけ》は、ひとの横顔だ。なだらかな胸は高岳《たかだけ》。ちょうど中岳《なかだけ》のあたりがへそになるだろうか。噴煙がうっすらとあがっている。へそが湯を沸かしているようにも見えて、少し微笑《ほほえ》ましい。

もっとも、釈迦の涅槃姿は一般に「腕枕《うでまくら》をして横向きに入滅した」とされるから、厳密には少し違うのだが……。

（釈迦というより、巨人だな……）

ガリバー旅行記を思い出す。自分たちはあの巨人を捕らえた小人か。

振り返ると、屏風《びょうぶ》のような外輪山が壁となって立ちはだかる。グランドキャニオンを思わせるカルデラの壁だ。昔、ここは湖の底だった。

ひと月が過ぎようとしていた。

美奈子《みなこ》との潜伏生活は、ひっそりとしていて一見、何事もない。

息を潜《ひそ》めて時が過ぎるのを、ただ、待ち続けるだけの毎日だ。

相変わらず会話は乏《とぼ》しく、打ち解けることはない。

だが、美奈子に対して冷たく接するのは、やめた。そうする自分がみじめなものに思えてくるからだ。だからといって会話が増えることもないし、優しくなったわけでもない。それでも美奈子はいつしか寡黙《かもく》な直江にも慣れてきた。

彼女は毎日、絵を描いている。

静物画だったり、周囲の風景だったり……。

対象はその時々で違うが、スケッチブックに向かっている時の美奈子には、集中力がある。物静かだが、一度没頭してしまうと数時間は手を止めない。

ピアノが弾けなくなった分、筆や鉛筆に表現欲を託している。そんな様子だった。

そして頻繁《ひんぱん》にならない程度に柳楽のもとを訪れては、描きあがった絵を見せている。寸評をもらうのが、励みなのだろう。そのおかげもあって、素人目にも、みるみる上達している。こんな状況ですら自《みずか》らを向上させられる美奈子に、直江は驚く。

やがて、向上の一言ではすまないほど、めきめきと腕をあげた。

はじめのうちは、目に映る物を正確に写し取ろうとしているようだった。が、だんだんそれだけではすまなくなってきた。

今の画風は、彼女の温厚な見た目や控えめな性格とはまるで違う。ひどくドラスティックなタッチだ。しかも枚数を重ねるにつれ、みるみる迫力を増していく。そんな画風に直江は圧倒された。彼女が弾くピアノを思い出した。

そう、これが彼女の「表現」なのだ。

ピアノに叩《たた》きつけているのと同じものを、絵にぶつけている。

今、彼女が描いているのは、森だ。晩秋の森のようだった。

だが、その言葉から思い浮かべる寂寥《せきりょう》感とはかけはなれている。大胆で荒々しいタッチに、直江は驚いた。圧倒された。これはまるで嵐《あらし》だ。嵐の森かと思うような、わけのわからない激烈な心性が、そこには描かれているように、直江には見えたのだ。

——これが美奈子の内面なのか。

その心の中に、荒れ狂う何かを秘めている。

とめどなくほとばしる、烈《はげ》しい何かを。

叫び続けている。

（やはり、あの人に似ている……）

あの激烈さ。

苦境のさなかでも、息をするように、高いところを目指す。

ふたりが共鳴しあう何かを持っていることは、ずいぶん前にわかっていたはずだ。

出会うべくして出会ったふたりであると、思い知らされているじゃないか。

何度、呑《の》み込まなければならない？

底冷えする大地が、心まで凍らせていくようだ。

阿蘇の五岳には鉛色《なまり》の雪雲が垂れ込める。──美奈子ならば、どう描くだろう。表現する術《すべ》ももたない自分には、吐き出す術もない。

胸に呑み込んで呑み込んで……。

いつか呑み込みきれなくなる時が来るのだろうか。

直江の白い息に、根子岳の険《けわ》しい頂《いただき》が滲《にじ》んだ。


軽トラックを運転して向かった先は、阿蘇神社だった。

御札《おふだ》を手に入れるためだ。

数日前に阿蘇神社の宮司《ぐうじ》に頼んで、護身札《ごしんふだ》を編《あ》んでもらっていた。それを引き取りに来たのだ。

雪がちらつく中、楼門《ろうもん》をくぐる。日本三大楼門と呼ばれる美しい楼門で、神社なのに仏式の二層楼山門式という姿を持つ珍しい建築だった。

阿蘇神社は阿蘇信仰《しんこう》の中核だ。健磐龍命《たけいわたつのみこと》を始めとする阿蘇の神々を祀《まつ》っている。肥後《ひご》国の一《いち》の宮《みや》でもある。

阿蘇で身を守るためには、阿蘇の神力を借りるのが一番効果も高い。

土地の神々を頼るのだ。

直江たちが結縁《けちえん》した神仏は所詮《しょせん》、よその国から来た神だ。毘沙門天《びしゃもんてん》ももともとはヒンドゥーの神だった。外から来た神は瞬発的には絶大な威力を発揮するが、同じ場所でじっと根を据《す》えるのなら、やはり土地神の庇護《ひご》を受けるのが安心だ。

拝殿《はいでん》の前で参拝する。柏手《かしわで》を高く鳴らし、心の邪念を打ち払う。

(神社は、やはり、いいものだな……)

参拝すると、清められる思いがする。

妄念《もうねん》にとらわれた脳がクリアになったと思うのは、気のせいではあるまい。

阿蘇神社の宮司は、古代より阿蘇家が務めていて、戦国時代には阿蘇一帯を治める戦国大名でもあった。溯《さかのぼ》れば、天皇家や出雲《いずも》大社の千家《せんげ》家とも肩を並べる、由緒正しい一族だ。

その阿蘇宮司を探して社務所に向かおうとしていた時だった。

縁結びの松のたもとに、男がひとり、立っている。大きな風呂敷包みを抱えている。

直江は目を見開いた。

「そこにいるのは、……《軒猿《のきざる》》？　八神《やがみ》か」

「やはりこちらだったのですね。直江様」

直江の居所を知るのは、景虎《かげとら》だけのはずだった。

「景虎様の命で現状報告にまいりました」

と八神は言う。確かにもう一カ月だ。そろそろ皆の動向が知りたいと思っていたところだ。

「その先に、茶店があります。そちらでお話を」

*

「月山《がっさん》の壇《だん》を攻撃した？　まさか、先日起きた月山の地崩れは……っ」

直江の問いに、八神は「はい」と神妙に答えた。

「そうです。景虎様です」

「そうとう大きな地崩れだったと新聞に載っていた。景虎様は無事なのか！」

ご心配なく、と八神は答えた。

「景虎様は、ご無事です。帰還までに三日はかかりましたが……」

そうか、と直江は安堵《あんど》の息をもらした。

ふたりは神社近くの茶店にいる。行楽シーズンが過ぎた阿蘇神社は、参拝客もまばらで、茶店も昼食前の中途半端な時間であるためか、客はいない。だるまストーブに載せたやかんが湯気を吐き、そのそばで、三毛猫が丸くなっている。

ふたりは隅《すみ》の席について、互いの近況を伝え合っていた。

「……そうか。無事だったなら、いい。長秀《ながひで》も？」

「はい。怪我《けが》を負われましたが、命に関わるものではなく」

湯殿山《ゆどのさん》で待っていた八神たちのもとに、景虎と長秀が姿を現したのは、三日後の明け方だった。ふたりは絶命して換生《かんしょう》したのでは、と覚悟した八神たちも、安堵した瞬間だった。

「信長《のぶなが》の雷《いかづち》に狙《ねら》われたのです。あれだけの土砂《どしゃ》崩れに巻き込まれて命が助かったのは、ひとえに雲門海《うんもんかい》様が護持《ごじ》してくださった賜物《たまもの》かと。――ただ……雪蛇《ゆきへび》殿が」

「雪蛇？　そうか。雪蛇も雲門海のもとにいたはずだな」

景虎たちが最初に換生した時に出会った「龍《りゅう》」だ。たびたび景虎たちのしもべとしてよく働いてくれたが、紆余曲折《うよきょくせつ》を経て、いまは尼僧《にそう》姿をとりながら、雲門海のもとで堂守《どうもり》をしていた。

その雪蛇が、信長の一撃をくらって消滅したと聞き、直江は愕然《がくぜん》とした。

「なんてことを……」

「景虎様は、だいぶお嘆《なげ》きのご様子」

あやかしの身ながら、景虎たちと心を通わせた存在だった。信長が復活する前に怨霊《おんりょう》と戦って、ひどい呪《のろ》いを身に受け、養生中でもあった。直江ももう何十年と会ってはいなかったが、離れたところに住む身内のような存在だ。龍だけに、千年先までも、ずっとそこにいるものと当たり前のように思ってきたので、衝撃は大きかった。

「信長の……根針《ねばり》法の一撃。松川《まつかわ》神社を吹っ飛ばした、あの力か」

「月山の壇は、罠《わな》だったのです。景虎様を陥《おとし》れるための」

「織田《おだ》は未知の結界《けっかい》を編み出したのです。《吸力結界》という」

その中に一歩足を踏み入れれば、途端に一切の《力《りょく》》が使えなくなる、恐ろしい結界だ。景虎がかろうじて拳銃《けんじゅう》を一丁持ち込んでいたから、どうにか切り抜けることができたが、そうでなければ、丸腰のまま、なぶり殺しに遭っていただろう。

直江はゾッとした。

《力》を強制的に使用不能にさせる、という状況が、にわかには想像できなかった。

織田はかつて、夜叉衆《やしゃしゅう》ひとりひとりから《調伏力《ちょうぶくりょく》》を取り上げる技を編み出したが、それよりもある意味、厄介《やっかい》だ。《調伏》はおろか《力》さえも使えない場を生み出せるようになった。

一度入ってしまったら打破できない。まさに罠だ。

織田は「破魂波《はこんは》」「根針法」に続き、またひとつ、夜叉衆にとっての新たな脅威《きょうい》を手に入れたのだ。

「罠だと？」

「《吸力結界》……。対策を考えておかないとな。しかしよくそんなところから、生きて脱出できたものだな」

「一か八かの力業《ちからわざ》だったそうです。景虎様と安田《やすだ》様だったから成功したものの、そうでなければ、今頃ネズミ捕りの中です。ですが、おかげで、ふたつめの仏性石《ぶっしょうせき》を手に入れることができました」

茶筅丸《ちゃせんまる》から奪うことができたのは、怪我の功名《こうみょう》でもあった。三つ揃《そろ》えば、織田を倒す切り札になり得るという、石だ。

「これで上杉《うえすぎ》は三つのうちふたつを手に入れました。残りのひとつを、探しておられるところです」

「そうか……。あと、ひとつ」

だが、時間がかかりそうだ。なぜなら、産子《うぶこ》を取り戻せていない。そうしている間に新たな産子が生まれることもある。霊脈の異常が起きている場所も、ひとつやふたつではない。数カ月はかかるかもしれない。

「だが、景虎様は諦《あきら》めておりません。体が回復次第、すぐに次の霊地へ向かうと」

「……。歯がゆいな」

こんなところでじっとしていなければならない自分が。

自分が動ければ、効率よく迅速《じんそく》に、根針の壇を叩くことができるだろうに。

テーブルの上に手を組んで、黙り込んでしまう直江を、八神がじっと見ている。

やかんの湯気がシュンシュンと音を立てている。ラジオからは、場違いなほど陽気な歌謡曲がかかっている。

ガラス戸の向こうは、まだ雪がちらついている。積もりはしないが、やむこともない。

口を開いたのは、八神だった。

「……やつれましたね」

直江が目を上げた。八神は淡々《たんたん》と問いかけた。

「ちゃんと眠れておられますか。顔色もお悪いようです」

「ああ……」

眠れてなど、いるわけがない。浅い眠りの中で悪夢ばかり見ている。目の下の隈《くま》がとれることはなく、いつもだるい。

「食事は毎食とられてますか。栄養があるものを食べてますか」

山荘には冷蔵庫もない。保存食ばかりの生活は、しかし初生《しよせい》の頃は珍しくもなかった。戦後、生活が欧米風になって、体質まで変わってしまったのだろう。この体は少量の保存食では栄養が取れないのだ。……いや、単に食欲がないだけともいえるが。

「そうだな……。いざという時のためにも、しっかり食べないとな。気をつけるよ」

目に見えてやつれた直江を、八神は何か物言いたげに見ている。肌にも張りがなく、痩《や》せた、というより憔悴《しようすい》した。精神状態から来るものだろう。

「ところで、美奈子の家族はどうしているか、何か聞いているか？」

「はい。警察に捜索願を出したようです。親御様は、美奈子殿と直江様が駆け落ちしたと思ったようで」

直江は一瞬ぽかんとして、やがて苦々しい笑みを浮かべた。

「よりによって……、俺と駆け落ちか。相手を間違えてる……」

「婚約破談を親御さんが受け容れなかったので、美奈子殿が強硬手段に訴えたのだと……。母御は悔いておられるようでした。無理強いしたせいで駆け落ちしたのだと」

両親は笠原尚紀《かさはらなおき》との仲を疑っていた。手に手を取り合って逃げたと思われたようだ。

直江にしてみれば、濡れ衣《ぬれぎぬ》もいいところだが、それもふまえての人選なら、致し方ない。

「業を煮やして、直江様を誘拐犯だと訴えかねません。どうしましょう」

「織田ばかりか、警察からも追われる身になりかねないってことか」

「残念ながら」

誘拐犯で捕まったところで、今更なくすものもない。

ただ、警察を敵に回すのは避けたい。

「……もし運良く逃避行が終わらせられたところで、美奈子が帰るところは、あのひとのところだ。婚約者のもとじゃない。北里《きたざと》家の両親も心を入れ変えるさ。俺が悪者になって、あのひとが誘拐犯から取り戻したことにでもすればいい」

露悪的な直江の態度を、八神はどう解釈したのか。

憐《あわ》れむような目をして、それ以上は触れなかった。

「そうそう、熊本の街でいい牛肉を仕入れてきました。台所を貸していただければ、今晩は私が夕食の支度をさせていただきます」

あいにくだが、と直江はぴしゃりと言った。

「隠れ家に張ってある結界は、一切の憑依霊《ひょういれい》を中に立ち入らせない。おまえも中に入ることはできない。気持ちだけ受け取っておくよ」

「そう……、ですか。ああ、でしたら」

と八神は風呂敷包みを直江に渡した。

「こちらに牛肉と食材が入っております。召し上がって、力をつけてください」

「すまないな」

「それから、こちらも」

おもむろにカバンの中から小包を取りだした。

「晴家《はるいえ》様からの預かり物です。美奈子殿へ渡してほしいと」

「……これは？」

「美奈子へ？　なんだ？」

「化粧品を少々……。直江様はおそらくそこまで気が回らないだろうから、と……」

女性同士らしい気遣いだ。そういえば、美奈子は阿蘇に来てからほとんど化粧をしていない。口紅もさすことなく、ほぼすっぴんで過ごしていた。さほど深くは考えていなかったが、用意してきた化粧品が足りていないのかもしれない。美奈子は、だが気を遣って「買ってきてほしい」とは言い出さなかった。

「それから缶に入っているのはニッキ飴《あめ》だそうです。美奈子殿がお好きだとかで」

「ニッキ飴か……」

「直江様はニッキが苦手でしたよね」

「ああ。苦手だ」

「なら、くれぐれも盗み食いなどしないでくださいね」

ばか、と直江ははじめて苦笑いを浮かべてみせた。

「子供じゃあるまいし。そんなことはしないよ」

ふたりは茶店を出た。

八神と話せたことはいいガス抜きになった。直江にはありがたかった。

「どうかくれぐれもお気をつけて。何かございましたら、なんなりとおっしゃってください。陰《かげ》ながら力になります」

「ありがとう。その時は頼るかもしれん」

「では、私はこちらで」

小雪のちらつく茶店の前で深々と頭を下げ、八神は車に乗り込んでいった。ぬかるむ道を走り去る。直江は交差点まで見送って、預かった風呂敷包みと美奈子あての小包とを見た。

阿蘇神社へと戻ってきた直江は、楼門のもとに佇《たたず》む男に気がついた。ベージュのステンカラーコートに帽子をかぶっている。

直江は目を疑った。

そこにいたのは《軒猿頭《のきざるがしら》》の八海《はっかい》だったからだ。

「なんで、おまえまでここにいる……?」

「ご無沙汰《ぶさた》しております。直江様」

帽子をとって、深くおじぎをする。にこりともしない。

「いまさっき、八神と会っていたところだ。おまえも来ていたのか。なぜ、いっしょじゃなかった?」

「その荷物は、八神から受け取ったものですか?」

「ああ、そうだが」

失礼します、といって八海が半《なか》ば奪うように荷物をとりあげた。直江の疑問には答えず、警備員のような強引さで、有無《うむ》を言わせず、風呂敷包みを地面に広げた。中には肉やハムなどの食料品が入っている。

「こちらの小包は?」

「美奈子あてのものだ。晴家から預かったと言っていた」

八海は許可もなく、十徳ナイフで梱包用の紐《ひも》を切ると、包み紙を開いていく。

「おい、なんなんだ。なにを探してる」

八海は答えない。化粧品と一緒にブリキ缶の箱を見つけ、手にとって蓋《ふた》をあけた。

中に入っていたのは、ニッキ飴だ。

八海は深く溜息《ためいき》をついた。

「なんのつもりだ、八海。まさか、さっき会った八神は、贋者《にせもの》だとでも？」

「いえ。本人ですよ。安田様の命令で、あなたを探したのでしょう」

直江は意味をはかりかねた。

「八神は景虎様の命令で来たと言っていたが？」

「いえ。景虎様はそのような命令は下しておりません。下したのは、私に、です。八神は安田様の指示に従ったにすぎません」

「どういうことだ。長秀はいったい、なにを八神に命じたんだ」

八海はもう一度、大きく溜息をつくと、大きな黒カバンから木箱を取りだした。中には液体入りの瓶《びん》やら試験紙めいたものが入っている。何かの検査キットのようだ。八海はニッキ飴を取りだすと、液体入りの瓶に入れた。軽く振ると、液体がみるみる真っ赤に染まった。

八海は「やはり」という顔をして、瓶ごと直江に差し出して見せた。

「これは毒です」

「なに」

「毒入りの飴です」

直江の顔が、サッと青ざめた。

それは毒物の検査薬だったのだろう。化学反応を起こして、飴は泡を出しながら溶けていく。直江はしばらく返事ができなかった。八海の一言でなにもかも理解してしまった。

「………。長秀、が……？」

八海もやりきれないような顔をしている。直江は言葉を詰まらせた。

「長秀が……美奈子を、殺そうと……？」

「………。景虎様から制止するよう命じられ、急ぎ、駆けつけました。まさかとは思いましたが……」

八海は景虎から直江の居場所を教えられたが、八神は自力で探し出したようだ。長秀は柳楽とも面識があったから、そこから糸口を得たのかもしれない。

——なら、くれぐれも盗み食いなどしないでくださいね。

（毒入りのニッキ飴）

八神のあれは冗談などではなかった。直江がニッキ嫌いであることを、長秀も知っていた。直江が、というより、尚紀が、だ。以前、晴家が買ってきた八ツ橋《やはし》に「ニッキが苦手だから」と言って手を出さなかったことがある。長秀は覚えていたのだ。

一方、美奈子と晴家は、仲が良い。美奈子は、気を許す晴家からの差し入れなら、疑いなく受け取ると、そう踏んだのだろう。

この分では化粧品のほうにも毒が含まれているかもしれない。

直江は言葉もない。

長秀は直江同様、美奈子の存在を良しとはしていなかった。美奈子を足手まといだと放言していたし、彼女ひとりを守るために貴重な戦力を割く景虎をあからさまに批難《ひなん》していた。

「……だから……亡き者にしようとしたのか。美奈子を」

「………。おそらく」

長秀には、そういうところがある。

他の夜叉衆が情に流されてしまう場面でも、長秀だけは冷静でいられる。しがらみがない長秀は、いつも距離を置いたところから物事を見て、突き放せてしまう。一見、非情な行動をとって、さんざん当事者から詰《なじ》られても動じない。それが長秀の強さでもあった。結果的に、それで解決することも多かった。

「だからといって、こんな……」

冷徹な長秀が、目に浮かぶ。

──俺たちはお友達じゃねえよ。ただの運命共同体なだけだろ。

──生き残るためには切らなきゃなんねえときもあんだよ。

直江は瞬《まばた》きもできなかった。収拾のつかない感情が湧き上がってきて、ただただ立ち尽くしていたが、突然堰《せき》を切ったように、八海の手からブリキ缶を奪うと地面に投げつけた。

「長秀、なんてばかなことを！」

ニッキ飴はビー玉のように跳ねて、散らばった。

八海は痛ましげな表情で、直江の震える肩に雪が降りかかるのを見つめていたが、やがて歩を進め、散らばった飴をひとつひとつ、拾い集めた。

そして、最後のひとつを拾おうとしゃがみ込んだ時、背を向けたまま、八海は言った。

「……私は、直江様。あなたは安田様に同調するのではないか、と思っていました」

どきり、として直江は目を見開いた。

八海はブリキ缶の蓋を閉めた。

「それがあなたの本心なら、……安堵しています」

「八海……」

「安田様が〝柿崎《かきざき》様からの差し入れ〟などと偽《いつわ》って、これを美奈子殿に渡そうとしたのも、あなたに知られたら止められる、とわかっていたからでしょう。そうでないなら初めから、あなたに毒物を渡せばよかったのです」

こんな手の込んだ真似《まね》をしなくても、一緒に住んでいるのは直江だ。毒を盛ることくらい、いつだってできる。

「………。美奈子は、わかっているんだよ。俺からいつ毒を盛られても、おかしくはないということを」

「直江様」

「いつでも覚悟は決めているんだろう。そんな気がする」

直江は雪が落ちてくる鉛色の空を見上げた。

「俺だったら、毒なんかで殺しはしないさ。この手で首を絞めてる。そうしてる」

「……ご辛抱ください。直江様」

「辛抱だと？　辛抱していれば、いつか楽になれるのか」

「どうか、ご辛抱を」

「いつか楽になれるのか！　織田との戦いが終わったところで、俺に希望なんかない！　あの人が美奈子を選ぶのを、黙って見ていられると思うのか！」

誰もいない境内《けいだい》の静寂《せいじゃく》が、一瞬、怒気で破られた。

だが、声は閑散《かんさん》とした空間に吸われ、すぐに何事もなかったかのように、またしんしんと雪が落ちてくる。大きな注連縄《しめなわ》がかけられた拝殿からは、物音ひとつしない。古色蒼然《こしょくそうぜん》とした社殿の屋根は、うっすらと白くなり始めている。

突然の吐露《とろ》に驚きもせず、八海はまっすぐに直江を見つめている。

直江は恥じいるように顔を伏せて、背け、拳《こぶし》を握りしめた。

「……すまない。怒鳴ったりして」

「いえ」

「ありがとう」

激昂《げっこう》しかけた気持ちを抑え、搾《しぼ》り出すように言った。

「止めに来てくれて……」

「景虎様は安田様にいたくご立腹《りっぷく》しておられます。結束に亀裂《きれつ》を入れてよい時ではないのですが……」

ふたりの間にも相当な衝突があったのだろう。長秀がだまし討ちのような手まで使って、行動を起こしたくらいだ。長秀自身、強い危機感を覚えているに違いない。

——美奈子を消せば、解決する。

——一番危険なのは、美奈子という存在そのものだ。

直江は息苦しくなってきて、澄《す》んだ息を吸い込もうとするように、阿蘇山の方角を見やった。雪雲で隠れて涅槃像はほとんど見えなくなっている。阿蘇のカルデラは、重い雲で蓋をされたかのようだ。

はき出せない感情が、雲の下にこもっていく。

「大丈夫だ。八海……。心配はいらない」

「私が代わりに美奈子殿をお守りいたしましょうか。本来、護衛は我ら《軒猿》の役目です。直江様には他になすべきことが」

「いや。俺でなければ駄目なんだ。美奈子を守るのは。なぜなら」

直江は口にするのも気が重い。だが、自分に言い聞かせるためにも言わなければならなかった。

「もし長秀がその手で美奈子を殺しに来た時、守れるのは、俺しかいないのだから」

八海は息を呑み、打ちのめされたようにうつむいてしまう。

そこまで景虎が読んでいたのだとしたら……もう太刀《たち》打ちできない、と直江は思った。

──最後まで信じ切れるのは……。

だとしても、やはり晴家や勝長《かつなが》のほうが適任のようにも思えるが。

(俺は試されてるんだろう。どこまでも。徹底的に)

ここで事を荒げては、上杉自体が空中分解してしまいかねない。直江はつとめて冷静であろうとした。

「美奈子は私が守る。安心するよう、景虎様に伝えてくれ」

八海は「御意《ぎょい》」と答え、主《あるじ》にそうするように帽子を外して胸にあて、頭《こうべ》を垂れた。

重ねて、八海は約束した。また時々様子を見に来る。晴家たちもずっと心配しているから、様子はちゃんと伝えておく、次は本当の晴家からの差し入れを持ってくる、とも。

最後に預かり物を直江に渡した。差出人に、情報屋の村内《むらうち》の名があった。

それだけ残して、八海は去っていった。

直江は鉛色の空を見上げた。

この阿蘇は、いつも何かが降る土地だ。それは中岳から飛ばされてきた火山灰であったり、神々が降らす恵みの雨であったり。

だが、今は雪が降る。積もることのない、雪が。

地熱に吸われて、ただ消えていくだけの氷が……。

*

山荘に戻る頃には、もう雪はやんでいた。

八海と別れ、烏帽子岳《えぼしだけ》の山腹《さんぷく》にある山荘に帰ってくると、それを待っていたかのように、古い柱時計が十六時を報《しら》せた。

美奈子は今日も絵を描いていた。テーブルのリンゴを無心に描いていた。

今日、自分に迫っていた危険など、気づきもしない。いつもと変わらない淡々とした横顔だ。

直江は小さく溜息をつき、コートを脱ごうとした時。

「お米といでおきました」

突然、声をかけられ、驚いた。まるで直江の心中を読み取ったようなタイミングだ。

「あ……ああ。すまない。遅くなって」

「どなたかと、会われていたんですか」

美奈子は相変わらず、鋭い。直江は疲れている。隠すにも気力がいる。

「八海と会っていました。これは差し入れです」

と八神に渡された風呂敷包みを置く。結び目を解こうとしていると、美奈子が問いかけてきた。

「……夜叉衆の皆さんは、いま、どうしていらっしゃるのですか」

直江は手を止めた。

「……………。加瀬《かせ》さんなら無事です。全力で織田と戦っています」

「ご無事なのですね。よかった」

「決着がつく日も遠くないでしょう。いい肉をもらったので、今から焼きます」

「……なぜ、私を手にかけないのですか」

不意を突かれて、直江は思わず振り返った。

美奈子は鉛筆をテーブルに置き、背を向けたまま、身じろぎもしない。

直江は慎重に問いかけた。

「…………。今日。誰か、ここに来ましたか」

「いいえ」

「短絡しないでください」

と直江は戒《いまし》めるように、声を低くする。

「あなたを亡き者にすれば解決するような、そんな簡単な問題ではありません。あなたという産女《うぶめ》候補がいなくなれば、次の産女候補が生まれるだけです。意味のないことです」

「そういう意味ではありません。あなたのことです」

核心をつく言葉に、直江は沈黙した。オブラートに包みもせず踏み込まれたことに驚き、どこまで踏み込んでくるつもりかと警戒し、次に発する言葉を待った。だが、美奈子はそれ以上は何も言わない。答えを待っているのだとわかった。

「………。私は、あなたを殺《あや》めたりはしません」

直江は抑揚《よくよう》のない声で答えた。

「殺めたところで、戻ってくるものがあるとも思えない。感情のためだけに命のやりとりをするのは、不毛なことです」

「あなたは正直な方ですね。笠原さん」

美奈子は再び鉛筆を手に取った。背を向けたまま、画用紙に向かう。

「柳楽さんから赤ワインを一本、いただきました。私はアルコールは飲めませんので、どうぞ、おひとりで召し上がってください」

台所に赤ワインが置かれている。コルク抜きも添えてある。美奈子はまた黙々とデッサンを始める。直江はコップにワインを注《そそ》ぐと、水でも飲むように一息に喉《のど》へ流し込んだ。

毒でも入っているかと思ったが、その気配もない。

残念だ、と直江は思った。今すぐ息の根を止めてほしいのは、こっちのほうなのに。

赤ワインの渋みがいつまでも舌に残る。鉄錆《てつさ》びた血のようだと、直江は感じた。

＊

八海から渡された村内千造《せんぞう》の手紙には、数枚の一万円札が入っていた。

直江が東京を離れることを、誰から聞いたのか。

いつぞやの借金を返す、と書かれていた。これで時々、旨《うま》いビールでも飲め、と。一緒に同封してあったのは、御守だ。柴又帝釈天《しばまたたいしやくてん》とある。

〝また遊びにいらしてくださいね。明子《あきこ》〟

明子らしい気遣いだった。そういえば、明子の実家は柴又帝釈天の参道で佃煮《つくだに》を売っているという。その佃煮が旨いと直江が褒《ほ》めたら、会うたびに、お裾《すそ》分けしてくれた。

強運を自慢する村内は、いつもこの御守を首から提《さ》げていた。

（毘沙門天のしもべが、帝釈天に守られる……か）

幸い、八海は、直江にある謎解きの解読を任せていってくれた。

全国にある霊脈を読み解くというものだ。

霊山と霊山を繋《つな》ぎ合わせ、霊脈を読み解いて、壇がどこに据えられているかを予測する。日本のように細い列島にたくさんの霊地がひしめき合うところでは、霊脈もより複雑になり、解読が難しい。四百年かけて蓄積《ちくせき》してきたデータと計算式をもとに、根針法の全体像を暴くというものだ。

日本地図に定規でいくつも線を引きながら、計算する。

不眠が続く夜は、その作業に没頭した。へとへとになるまで脳を酷使《こくし》して、やっとわずかな睡眠を手に入れる。


ある夜のことだった。

ふと水が飲みたくなり、台所に向かった時のことだ。

風呂場の脱衣所に続くドアから明かりが漏れていた。電気を消し忘れたかと思い、ドアを開いた。

小さな悲鳴があがった。美奈子だった。

あられもないスリップ姿だった。シャワーを浴びようとしていたらしい。直江は慌《あわ》ててドアを閉め、すまん、と言った。美奈子はすぐに鍵《かぎ》をかけ、ごめんなさい、と謝った。普段は鍵を閉めて風呂に入るのだが、深夜も二時をまわっていたため、お互いもう寝ているものと思って油断していたのだ。

直江は部屋に戻ったが、落ち着かなかった。

女の裸など驚くようなものでもない。

だが、美奈子の、想像以上に白く透き通る肌がやけに目に焼きついてしまった。太腿《ふともも》の肉感的なラインも、剝《む》き出しの肩のなめらかさも、十分な質量をもった胸元の隆起も。骨格が華奢《きゃしゃ》なので肉付きも貧相《ひんそう》かと思いきや、思いのほか、腰のあたりは柔らかく丸みを帯びていて、女らしい体つきだった。実母のいとこである坂口紅葉《さかぐちこうよう》も、腰のあたりはだいぶ肉付きがよかったから、どちらかというと、脂肪《しぼう》のつきやすい体質なのだろう。

慎《つつ》ましい服の下に、あれほどの柔肌を隠していたとは。

筋張ったところがなく、なにもかもがなめらかで、男なら誰しも触れたくなるような躰《からだ》だ。

不意に妄念が忍びこむ。

（あのひとも抱いたのだろうか。あの白い躰を）

美奈子も子供ではない。結婚するまでは誰にも躰を許さない、というような堅い貞操《ていそう》観念を持っているのでなければ、自然とそういう流れに行き着くだろう。

景虎は潔癖症ということではないが、物事のけじめがないものを嫌がる性分だから、酒に酔っても自分から猥談《わいだん》を口にすることはないし、自分のそれは隠し通すタイプだ。だから、余計にふたりが人前で男女の空気を醸《かも》すことはなかったが……。

（なにもないわけがない）

脳裏《のうり》に甦《よみがえ》ったのは、ふたりが執り行った振霊法だ。

霊波の振動を果てしなくひとつにして、一日中、途切れることがなかった。

あれだけ共振状態を続けられるふたりだ。とてつもなく相性はいいはずだ。肉体の相性など与《あずか》り知らぬが、魂《たましい》はたぶん、一度知ってしまったら、それなしにはいられなくなるくらいに、互いに溺《おぼ》れる。忘我の境地で何度でも延々と貪るようになる。

魂が求め合うようになったら、肉体まで求め合うようになる。

濃厚に絡み合うふたりの姿が頭に浮かぶ。

ごくり、と喉を鳴らす。

景虎はどんなふうにあの白い躰を抱いた？　どんな情交が繰り広げられた？　その時、景虎はどんな言葉を紡《つむ》ぐのだろう。快楽に身をゆだねて、どんな表情をするのだろう。

（やめろ……）

そんなものを想像したところで自分を虐待《ぎゃくたい》するようなものだ。美奈子とむつみ合う景虎など。

あのふたりの交合など、見たくない光景の最たるものじゃないか。

なのに妄想《もうそう》は奔流《ほんりゅう》となる。気がつけば、呑み込まれている。

快楽に溺れる景虎を。

肉の悦《よろこ》びに身を明け渡す景虎を。

あの傲岸不遜《ごうがんふそん》な目つきが、潔癖なくらい取り澄ました顔が、どんなふうに歪《ゆが》むのか。貪《むさぼ》って貪って貪り通して恍惚《こうこつ》を得た時、その顔はどんなふうにとろけているのだろう。

あの男が獣《けもの》のように欲望を満たす様を見てみたい。規律も規範も手放して肉体の虜《とりこ》になり、理性をかなぐり捨てて性欲の猛《たけ》るままに女を犯す姿を。

（そうだろう。あなたは美奈子の前では本性をさらけ出すんだ）

（なにも身に纏《まと》わない、動物のままの姿を）

あの白い躰は、それを知っているのだろうか。

誰にも見せることはない、その姿を。隠し通す、その姿を。

甘く愛情深く、求めていく景虎を、あの躰はどうやって受け止めたのだろう。

直江は渇きを覚えたように、自らの手を喉に這《は》わせる。

（……美奈子のように愛されたいわけでもないくせに）

これが本当の毒というやつだ。

日を重ねるにつれて、毒はまわる。美奈子といれば、いやでも、そうなる。

美奈子を目の前にしていれば、いるほど、手には入れられないもののことを思い知らされるではないか。日々、日々、思い知らされるだけではないか。

慣れるということはない。何も感じなくなるのでも、ない。

そんなことは、ありえないのだ。

「ふふ……はは……ははは……」

直江は目を覆《おお》って、椅子《いす》の背もたれによりかかる。

自暴自棄にもなれず、吐き出すこともできない。

（ここは監獄《かんごく》か）

窓の向こうには月が出ている。気味が悪いほど、輪郭《りんかく》の鮮明な月が。

凶暴な月が。

＊

柳楽老人は、完成した美奈子の絵を見たあとで、しばし、押し黙ってしまった。ただでさえ険しい顔が、ますます拳骨《げんこつ》のようになってしまっている。大きな顎《あご》を閉じ、口を真一文字にして絵を凝視している。

アトリエにやってきた美奈子は、じっと座って、柳楽の言葉を待っていた。真摯《しんし》な面持ちだ。山は、朝から濃霧《のうむ》に包まれている。北外輪山の眺めも、今日はガスに包まれて、全く見ることができない。

石油ストーブの臭いがこもり、やかんからは薄く湯気があがっている。結露《けつろ》した窓に、水滴の筋が数条、伝っている。

雑然としたアトリエの床には相変わらず木くずが積もっていて、柳楽はスリッパの先で、足下を軽く払いながら、近づいてきた。

「何を描いた？」

え？　と美奈子は意表をつかれて目を丸くした。

「見ての通りです。落ち葉を描きました」

「見ればわかる。落ち葉に託して、君は自分のどんな気持ちを描いたんだ？」

美奈子はうつむいてしまう。このごろの柳楽は、まるでカウンセラーだ。絵画に表れた美奈子の心を読み解こうとする。言葉にできないから絵にするのだということも、柳楽はわかっていた。

「……死の色合いだ」

美奈子は何も答えない。

柳楽は老眼鏡をずらし、上目遣いに美奈子を注視する。

「死を、想《おも》っているのかね……？」

「……」

美奈子は柳楽が制作中の木像を見やった。加瀬賢三《けんぞう》によく似た「健磐龍命」像だ。その隣に立つ阿蘇都媛命《あそつひめのみこと》は、まだ荒削りのままだ。鑿《のみ》の痕《あと》が生々しく残り、木の表面に鮮度がある。まるで人間になりそこねた怪物のようだ。

「……私は、なんのために生まれてきたのでしょう」

美奈子はぼんやりと呟《つぶや》いた。

「このごろ、戦争中のことばかり、思い出します。駅で私たちを集団疎開《そかい》へと送り出した母の顔を。……疎開なんかしなければよかった。お母さんと一緒にいればよかった。東京に残っていたなら、そうすれば、お母さんと一緒に空襲で死ねたのに」

虚《うつ》ろな眼差《まなざ》しをしている。

その瞳《ひとみ》は、目の前の木像ではなく、どこか遠くを見つめている。

「なんのために生き残ったのか……。なんのためにピアニストを目指したのか。わからなくなりました。私はなんのために生きているのか」

「……。幸せになるんだろう？　そのために君もわしも、終戦の混乱を必死で生きてきたんじゃないのか」

「私がここにいるのは、誰も幸せにはしないというのに？」

力なく呟く。柳楽はスケッチブックをイーゼルに立てかけて、椅子に腰掛け、美奈子と真正面から向き合った。

「君は幸せになるための選択をし続けて、ここにいるんだろう？　自分を信じなくてどうする」

「……わからなくなりました」

「………」

「その選択も本当に正しかったのか。私がその選択をしたせいで、傷ついたひとたちがいる。そのひとたちに傷を負わせてまで求めた幸せが、本当に良いものなのかどうか。あの時ははっきり見えていたものが、急に遠くの蜃気楼《しんきろう》のように思えてきて」

あの時は疑いもしなかった。間違っていてもいい、とさえ思っていた。ただただ自分に正直でありたかった。加瀬への想いに殉《じゅん》じたかった。

美奈子を突き動かした情熱も、だが、今は迷いの霧の中にある。

「私がいるせいで、壊れなくてもよかったものが壊れていくようで……。自分が愚《おろ》かで幼くて浅はかな人間に思えてきて……時々消え入りたくなるのです。選択してきたことがことごとく間違っていたような気がしてきて、いたたまれないのです」

美奈子は腿においた手で、スカートを握りしめる。

細い肩をすぼめて、眉根を寄せている。

生きるとは、なんなのでしょう、と美奈子は呟いた。

「たくさんの人が、何かを手に入れるために生きている。私もピアニストの道というものを手に入れるために生きてきた。それが親も失った私の、生きる原動力だったんです。ピアニストとして生きれるなら、女としての幸せなんかいらない。ピアノがあればいい。……あの時の私が今の私を見たら、さぞ、情けないと詰ることでしょうね」

「……美奈子くん」

「何かを手に入れるために生きてこれた私は、今より強かったのかもしれません。でもそうして手に入れたものを手放してまで、ここにいる自分は何なのだろう。日々を無為《むい》に過ごして、追ってくるものにただ怯《おび》えて、大切なひとたちのお荷物になって、苦しめて……っ」

美奈子は指先が白くなるほど強く握りしめた。

「私は……！　なんのためにいまだ死なずに生きているのでしょう！」

見かねた柳楽が、美奈子の両肩を摑《つか》んだ。

「大丈夫だ、美奈子くん、大丈夫」

「私は死を選ぶべきだったのでしょうか」

「いいや。そうじゃない。君が生きていることを希望に、戦っているひとたちがいるんじゃないかね」

「私がいるせいで駄目になるのよ。みんな駄目になる」

「そうはならない」

震える指で顔を覆う美奈子に、柳楽は言い聞かせた。

「君は、センシティブになっているだけだ。大丈夫だ」

美奈子という人間は、感覚が鋭すぎて、その場にある暗い空気に影響をうけやすい。それはとりもなおさず、直江との生活がもたらしたものだ。

想いを絵にぶつけて、表面は静穏《せいおん》を保ち続けてはいるが、地中で暴れる何かが少しずつ、美奈子の心を削り苛んでいく。不安定になって、崩れそうになる心を支えるように、柳楽は美奈子の冷たい手を包んだ。

「君にはできることがある」

言い含めるように。

「ここにいる君だからこそ、できることがある。行動するだけが生きる意味ではない。行動できないからといって、生きている価値を失うわけでもない。君がここにいるだけで、強く心を支えられている人がいるんじゃないかね」

美奈子はすがるような目で見つめ返した。

柳楽は真正面から受け止めた。

「そうだ。ここにいることにも意味があるんだ」

「私にはわかりません……ここにいる意味が」

「見つめるんだ。周りにあるものを。スケッチした時のように」

「……見つめる……」

「葉の一枚一枚、木の一本一本。ふちの形、葉脈の筋、枝の広げ方……。君は絵に写し取るため、じっと対象を見つめてきた。細かく細かく。その眼差しで、君を取り巻く人や物事を、ここでじっと見つめてみてはどうかね」

「見つめて……どうするのですか。苦しくなるだけなのに」

「心に描くんだ」

再び肩を強く摑んで、柳楽は言った。

「そのひとの心の葉脈が、どこにどう繫がっているか。そのひとの広げた枝は、どこに向かってどれだけ伸びているのか。それをしっかり君が見るんだよ」

「私が、見る……」

「動いている人間には、できない。止まっている人間だけが、真実を凝視できる。それがいつか、君を取り巻く大切な人たちを、救うことになるかもしれない」

思いもかけない言葉を聞いて、美奈子は放心したように、目を見開いた。

柳楽はうなずいた。

「見つめるとは、想うことだ」

「……」

「君にはその力がある。今は見えていないものも、きっと見えてくる。大丈夫だ。その先に君は、希望を見つけることができる」

「柳楽さん……」

美奈子はこらえていた涙をたまらずこぼし、顔を覆うと、柳楽が包み込むように抱きしめた。

自分の娘を抱擁《ほうよう》するように。

美奈子も顔を埋《うず》めた。柳楽の服に染みこんだ煙草《たばこ》のにおいが、父親の記憶を呼び覚ました。

父親の膝《ひざ》で遊んだ幼い頃の記憶が、そのぬくもりごと、鮮やかに甦り、美奈子はまた切なさがこみあげてきてたまらなくなった。

親を亡くした子と、子を亡くした親と。

そのぬくもりが、美奈子の心に、消えかけた火を灯《とも》す。

心の霧のむこうには、ひとりの男のシルエットがある。笠原尚紀の姿だ。

こんなに近くにいながら見えない男の心を。その胸中を。真実を。


落ち葉を描いたスケッチには、細かい葉脈が描きこまれている。

毛細血管のように張り巡らされたそれは、まるで生きているものの心臓《しんぞう》のようにも見える。

枯れかけた心臓のように。

*

阿蘇は冷え込みが厳しくなり、暖炉《だんろ》に火をくべる季節になった。

山荘の森には、薪《まき》を割る音が響いている。

直江だった。近くで伐採《ばっさい》した木を薪にするべく、斧《おの》を振るう。生木のままでは使えないので、乾燥させなければならない。一冬分の薪を用意しなければならず、直江はここ数日、その作業にかかりきりだった。

そんな直江を美奈子は見つめている。

箱入りの医大生だった男とは思えないほど、手際がいい。

振り下ろす斧は、必ず一度で、きれいに丸太を割った。黙々と作業する。集中して無心になることで、なにを忘れようとしているのか。

時折、手を止めては考え込むような目をしている。苦しそうな目だ。

そんな直江を、窓越しに見つめている。

——見つめるんだ。そして、心に描くんだ。

ひよどりが高く鳴いた。

古い柱時計が、時を告げる。

美奈子はスケッチブックを手に取った。

第五章　遠雷の夜

その日は、朝から天候が不安定だった。

この季節には珍しく、阿蘇《あそ》地方は日中から、ひどい雨と風にみまわれた。前線の影響で大気が不安定になっているようで、時折、雷も発生した。

山荘の屋根が雨漏《あまも》りしたり、強風で折れた木の枝で窓ガラスが割れたり、せっかく乾かした薪《まき》が濡《ぬ》れないようシートをかぶせたり屋内に運んだりと、大騒ぎの一日だった。次から次へと補修作業やら何やらで、ふたりともずぶ濡れになって、どうにかアクシデントを乗り越えた。

「……ああ、大変な目に遭ったな……」

さすがの直江《なおえ》も、へとへとでダイニングの椅子《いす》にもたれかかった。熱いシャワーを浴びて一息つき、頭にタオルをかけている。目に被さるほど伸びた前髪はおろしたままで、シャツの裾《すそ》も出しっ放しだ。

「まさかガラスが三枚も割れるとは思わなかった。運が悪かったな……」

「本当に。しかも鷲《わし》が体当たりしてくるなんて……」

強風で飛ばされた猛禽《もうきん》が、美奈子《みなこ》の部屋の窓に突っ込んできたのだ。

これが一番びっくりした。衝突のショックで気絶した鷲を美奈子が介抱《かいほう》までする騒ぎだ。

「鷲って大きいんですね……。翼《つばさ》を広げたら私の腕《うで》の長さより大きかった……」

「死んでなかったんですか」

「はい。……急に目を覚まして暴れまくった挙げ句、飛んでいってしまいました」

おかげで美奈子の部屋は、鷲の羽が散乱し、しかもパニックを起こして糞《ふん》をまきちらしていったので、その掃除までさせられる始末だ。

窓が割れてしまったので急遽《きゆうきよ》ベニヤ板を張り、釘《くぎ》で打った。今夜はそれでどうにかしのぐしかない。修理用の建材が役に立った。

「こんなに荒れるとわかっていたなら、あらかじめ、板を打っておいたんだが……」

ラジオの天気予報に文句をつけている。さすがの直江もこの騒ぎにはまいった。

美奈子も髪がめちゃくちゃに乱れてしまい、ボロボロだ。

そんなお互いの姿にふと和《なご》んだ。思わず、笑みがこぼれてしまった。

「さんざんでしたね……」

「お疲れ様です。いま、お味噌汁《みそしる》を温めますね」

美奈子はキッチンに向かった。

その夜の食事は、作り置きしてあった味噌汁と豚肉のソテーと筑前煮《ちくぜんに》だ。

やれ、あっちが吹っ飛んだ、やれ、こっちが雨漏りだ、と大騒ぎして、飯を食べる時間もなく、すっかり空腹になっていたので、いつになく食が進んだ。

美奈子が作る料理の、少し濃いめの味付けは相変わらずだ。

「……。そういえば、以前、お弁当を作ってもらったことがありましたね」

ふと直江がぽつりとそんなことを言った。美奈子は驚いた。

「ええ……そうですね。何度か作りましたね。どうして突然……？」

直江は里芋《さといも》の煮っ転がしを箸《はし》でつまんだ。

「これを見て思い出しました」

「いつも作ってましたね、私。笠原《かさはら》さんが好物だというので」

「毎回入ってた」

味の濃い煮っ転がしだった。だが旨《うま》かった。口に運ぶと、砂糖醬油《じょうゆ》の甘塩っぱさと適度に煮崩れた里芋の食感が口の中で渾然一体《こんぜんいったい》となった。あの時と変わらない味だった。

「……笠原さんにおいしかったと言ってもらいたくて、毎朝早起きしたわ」

美奈子も懐かしそうに語った。

「卵焼きをいつも焦がしてしまうから、毎朝ふたつもみっつも焼いた。おかげで我が家の食卓は毎日失敗した卵焼きがのったものよ」

「私の分は、成功したほうだったんですか」

「一番出来のいいものを入れたわ」

「その割には、いつも焦げてた」

「それはましなほう。他のはもっと焦げてたわ」

珍しく軽口を言った直江に、美奈子もふと構えがとけたのだろう。嵐《あらし》に大騒ぎした興奮が、いつのまにかふたりの心の強《こわ》ばりまで解いたにちがいない。

里芋を口に運ぶと、出会った頃の優しい空気が、束《つか》の間《ま》、甦《よみがえ》るようだった。医大生の尚紀《なおき》と音楽学校生の美奈子に戻ったような、そんな空気が流れた。

「ピアノを聞かせてくれましたね。『月の光』」

「……ええ。リクエストで」

「いい時間だった……」

直江も思い出に浸っている。ほんの数年前のことなのに遠い昔のことのようだ。恋人といるような甘い時間だった。

その時から、ずいぶん遠くまできてしまったと噛《か》みしめ、直江は笑みを消した。美奈子はそんな直江をじっと見守っている。

「………。ピアノ。弾きませんか」

突然、直江が言い出した。美奈子は驚き、

「ピアノ……ですか」

「はい」

居間の片隅《かたすみ》でカバーをかけられ、埃《ほこり》をかぶっている。

「でも音を立てるのは、あまりよくないのでは……」

「風と雨の音に紛《まぎ》れて、遠くまでは聞こえないでしょう。今夜は」

直江は立ちあがり、ピアノのカバーを外した。黒く艶《つや》めいたアップライトピアノが現れた。

さあ、とうながすと、美奈子はおそるおそるやってきて、蓋《ふた》を開けた。

白い鍵盤《けんばん》が眩《まぶ》しい。黒鍵の艶めきとのコントラストが美しく、美奈子は胸が躍《おど》った。そっと指を触れ、音を鳴らしてみる。……が、数音聞いたところで、手を引っ込めてしまった。

「どうしました？」

「……。調律が」

何年も放置されていたせいで音程が狂ってしまっている。調律をしないと、まともな曲は弾けなさそうだった。落胆して蓋をしめた美奈子を見、直江は数度うなずいた。

食事が終わると、だいぶ冷え込んできたようだ。直江は暖炉《だんろ》に薪をくべて、火をつけた新聞紙を押し込んだ。ゆっくりと炎が薪の表面に広がっていき、やがてパチパチと音を立てて、焚《た》かれ始めた。

会話が途切れると、ふたりは炎を見つめる。ゆらゆらと揺れて一瞬たりとも同じ姿を保っていない炎に、なにを重ねているのか。

古い柱時計の音だけが、響いている。

単調な振り子と揺れる炎が、穏やかな時間を紡《つむ》いでいく。ソファに腰掛けて、身を乗り出すように炎を見つめている直江の横顔を、美奈子が見つめている。

パチ、パチ、と薪が弾《はじ》ける。

「……。昔から、薪の燃える匂いが好きでした」

ふと直江が口を開いた。

「どこか甘く香ばしい木の匂いが……。囲炉裏端《いろりばた》で語らう時間が好きでした」

「私も好きです」

美奈子は炎のほうを見て、手に包んだマグカップを膝《ひざ》に置いた。

「燃える薪の匂いは落ち着きます。なぜかしら。ひとは大昔から火を囲んで暮らしていたというから、その記憶が遺伝子《いでんし》に染みこんでいるのかもしれません」

「おもしろい考えです」

「人間はずっと家族で暮らしてきたから。薪が燃える匂いは、家族団らんの安心を思い出させるのかもしれません」

家族という言葉を口にして、美奈子は遠い目になった。空襲で亡くした家族と、置いてきた家族のことを想《おも》っている。直江も、両親がいた笠原家を思い出していた。

パチ、パチ、と薪が弾ける。

ふと美奈子が窓のほうを見やった。遠くに雷鳴《らいめい》を聞いたのだ。

「……雷、遠ざかりましたね」

まだ遠くで鳴っている。直江は暖炉の火を見つめている。

「亡くなった笠原の母が、雷嫌いでした。鳴り始めると、私のもとに来るのです。ぶるぶる震えながら、陰《かげ》に隠れるようにして……子供のようでしたけど、いつも『大丈夫ですよ大丈夫ですよ』となだめていました。厳しい母でしたが、可愛《かわい》いところがありました」

「いつもお話に出てきたお手伝いさんは……どうしていますか」

「秀子《ひでこ》さんですか？　実家に帰りました。今頃は、縁談のひとつふたつ来ているかもしれませんね……」

暖炉の炎は、思い出の人々を心に甦らせる。

いつになく直江が心を開いて身内の話を語るのが、美奈子には嬉《うれ》しかったのだろう。常に冷ややかな批判を孕《はら》んでいた眼差《まなざ》しはゆるみ、その身から緊張感は失せている。かつての笠原尚紀ともちがうが、少なくとも構えを解いて無防備に見える直江を、美奈子は安堵《あんど》感をもって見つめている。

揺れる炎が、直江の瞳《ひとみ》に映っている。瞳の中の炎は暖かかった。

「……確か、秀子さんは石原裕次郎《いしはらゆうじろう》が好きなのでしたよね」

「ええ、新作映画は必ず封切り日に観に行ってました」

「まあ。とても熱狂的……」

「母は小林旭《こばやしあきら》でした。我が家は、裕次郎派と旭派で大戦争」

「音楽学校でも大戦争だったわ」

「あなたはどちらが？」

「わたしは……」

くすっと笑って、美奈子は言った。

「池部良《いけべりよう》」

「それはまた渋い」

「ファーザーコンプレックスじゃないのかと友達にはよくからかわれました」

そんなとりとめのない会話をかわすのも、どれだけぶりだろう。直江自身、そんなふうに話せている自分が不思議だった。

「笠原さんは？」

「私は……これと言って」

「当ててあげましょうか。イングリッド・バーグマン」

「カサブランカ？」

「〝君の瞳に乾杯〟……レガーロではやったの。乾杯の時に」

ふと直江の目元から笑みが消えたことに、美奈子はまだ気づかない。懐かしそうに、

「執行《しぎょう》社長がカクテルを飲むたびに必ず言うの。ハンフリー・ボガートの真似《まね》をして〝君の瞳に乾杯〟って。それがおかしくて」

「……。そう」

「マリーさんも上手。男装の麗人《れいじん》ショーをやった時にボガートの真似をしたら、女の子にうけてしまって……。加瀬《かせ》さんはあきれていたけれど」

直江の目の温度が、下がった。美奈子は揺れる炎の中に、楽しかったレガーロの思い出を映しているのだろう。

「……レガーロのみんなに、また会えるといいですね」

「……」

「なにもかもが終わったら、またみんなで働ける日が来るように」

パチ、パチ、と薪が弾ける。

薪の表面を青い炎が舐《な》めるように包んでいる。黒く焦げて炭化した部分が、じわじわと木肌を浸食していく。

「そう、ですね……」

「少し前に知ったのですけど、加瀬さんは、いつか歳《とし》をとったら、小さなお店を持つのが夢なのだとか……」

ぴくり、と直江が目を見開く。打ち解けた空気のせいで美奈子は気持ちが緩んでしまっている。美奈子は謙遜《けんそん》気味に言った。

「皆さんはとうにご存じなのだと思いますけど、私は初めて聞いたので驚きました。どこか路地裏の、五、六人も入ればいっぱいになる、カウンターだけの狭いバー……。近しいひとたちが、ふらりときて、ふらりと呑《の》んでいけるような」

（ない）

直江は瞬《まばた》きもせずに耳を傾けている。

（そんなはなし、きいたことがない）

景虎《かげとら》が未来を語ることなど、そもそも、ない。まして、自分の夢など。

「本人は冗談めかして言っていたけれど、きっと本心なんでしょうね……」

美奈子は、直江も当然知っているものと、思い込んでいる。

あの景虎にプライベートな夢があったなんて。まして、それを誰かに語るなんて。ありえない。誰にも明かさないささやかな夢を、おそらく美奈子にだけは打ち明けたのだ。

（美奈子だけに）

「友達思いの加瀬さんらしい夢です。皆がホッと息をつける止まり木を作りたいと……。少し照れくさそうに」

直江はもう炎を見ていない。宙を見つめている。

冷ややかな眼に戻っている。

「いいお店になるわ、きっと……」

遠くでまた、雷が鳴った。

何かが崩れていくような音を発して、消えていく。

長い沈黙のあとで、口を開いたのは、直江だった。

「……。美奈子さん。あなたは彼を、本当に愛していらっしゃるんですね」

違和感のある敬語と声の冷たさに、美奈子はハッと我に返った。

振り向くと、直江は凍りつくような半眼で、美奈子を一筋に見ている。

「笠原さん……。どう、したんです……」

悪意とも害意ともつかぬ眼差しだ。その瞳の薄暗さに、美奈子は自分が獣《けもの》の尾を踏んでいたことにようやく気がついた。

す、と直江が立ちあがった。

美奈子も反射的に腰を浮かせた。

直江のおろした前髪の隙間《すきま》から、氷のような半眼が見下ろしてくる。感情のない、能面のような顔をしている。

「どうしたんです……かさ……っ」

直江がゆっくりと近づいてくる。

美奈子は身の危険を感じ、後ずさったが、不意に腕を摑《つか》まれ、抱きすくめられた。

突然の行動に、美奈子は声もあげられなかった。直江の腕の中で金縛《かなしば》りにあったように身を強ばらせている。頭が真っ白になった。

「……か……かさ…はら……さ……」

美奈子を抱擁《ほうよう》した直江は、不気味なほど、無言だった。抱きしめられて身動きがとれない美奈子には、直江がいまどういう表情をしているのか、まったくわからない。躰《からだ》に伝わる直江の熱が、恐怖をかきたてた。まるで獲物《えもの》を捕らえた獣のような直江の手が、背中から腰へとまわされかけた時、美奈子は思わず、ありったけの力で直江の胸を突き飛ばしていた。

直江はぐらりとよろめき、美奈子はその反動で、床に倒れ込んでしまう。

そのまま這《は》うようにして暖炉のほうへ逃げた。

「な……なにをするんです……」

「なにを」

直江は青白い顔で繰り返す。その目は焦点を結んでいなかった。

「もう……いい……」

「！」

直江が猛然と襲《おそ》いかかってくる。美奈子を床へと押し倒し、襟《えり》に手をかけて、力尽くで左右に押し開いた。美奈子は悲鳴をあげた。ボタンがちぎれ、胸元があらわになる。さらにスリップの肩紐《かたひも》を引きちぎろうとするのを、美奈子の手が必死に制止する。おねがい、やめて！　叫び散らして、手足をばたつかせる美奈子に手を焼いたように、直江は暴れる手首を摑んで、床に縫《ぬ》いつけた。

美奈子は恐怖に目を見開いている。

「……なにを……するの………」

「男と女が、ひとつの部屋で、することと言ったら、ひとつしかないだろう?」

ゾッとするほど低い声だった。

慇懃《いんぎん》なほど敬語を崩さなかった直江が、なにかを放棄したかのように、ぞんざいな口調で告げた。それがますます美奈子を怯《おび》えさせた。

覆《おお》い被さる直江の顔は、照明を背にしていて、逆光でよく見えなかったが、かつて見たことがないほど凶悪な眼差しをしていると感じた。体が震えた。

「……あなたは……そんなひとじゃないでしょう……?」

「じゃあ、どんな男だと思っていたんだ」

直江の薄い唇《くちびる》に、奇妙な笑みが浮かんだ。

「おまえを、愛しているんだよ。美奈子」

獲物を取り押さえた獣のようなその瞳から、狂気を感じ取った美奈子は、その時ようやく、あらゆる鎖《くさり》は断ち切られたことを知ったのだ。

惨劇《さんげき》が始まった。

直江は力ずくで、激しい抵抗を封じ込んだ。

暴れる美奈子を押さえ込み、衣服を乱暴に剝《は》ぎ取った。白い太腿《ふともも》が暖炉の炎に浮かび上がり、男の荒々しい手が下着を剝いで、思うさま、その肌をもみしだいた。

泣き叫んでも、他に人はいない。誰にも届かない山の中の一軒家だ。

陶器《とうき》のような白い肌は、掌《てのひら》に吸いついてくるような極上の柔肌だった。豊かな乳房《ちぶさ》を揉《も》みしだき、薄桃色の乳首《ちくび》を音を立ててしゃぶりつくした。

美奈子は声をからして叫び、激しく抵抗する。甲高《かんだか》い声で罵《ののし》る。だが、直江は蹂躙《じゅうりん》をやめない。罵声《ばせい》と悲鳴が心地よいとばかりに口を塞《ふさ》ぐこともしない。

直江が放棄したものは、あらゆる規範と良心だった。悪意に呑まれて獣性を解放した脳は、その女を蹂躙することだけに働いた。女の肌からにじみ出す甘ったるい匂いが、その獣性に拍車をかけた。征服する悦《よろこ》びに目が輝いた。

「……どうした……濡れてるじゃないか……いい音だ……ここだろう！　ほら、ほら！」

美奈子はしきりに首を左右に振り、加えられる仕打ちに必死に耐える。必死に閉じようとする白い太腿をこじあける。その口から屈服のあえぎを引き出すまで、責め立てる。

悪辣《あくらつ》な脳が暴走する。身の毛のよだつような淫語《いんご》を耳元に囁《ささや》き続ける。

この白い生き物の、澄《す》んだ身も心も、下卑《げび》た劣情《れつじょう》で黒く染めあげてやるために。

悲鳴を聞けば聞くほど、昂揚《こうよう》した。無残に剝《む》かれて裸体をさらす。美しい黒髪は乱れ、端整な顔を歪《ゆが》め、細い腕は赤子のように肩より上に放り出され、破れた下着が乳房に食い込み、なだらかな下腹部をあられもなくさらしている。常に取り澄ました女の乱れきった有様に、異様な興奮を覚えた。それはひとえに、貞淑《ていしゅく》で純真で清潔で高潔なものを壊して汚す、背徳の悦びだった。

「あ……あ……あ……あ――……っ」

しなやかな背をそらして痙攣《けいれん》する。禁欲という修道服に身を包んだ女の、その生々しい肉体から、生臭い肉の快感をひきずりだしてやることに直江は突き抜けるような快感を覚えた。

腐った言葉で純潔を腐らせ、その女の躰の奥から、引きずり出すのだ。

卑《いや》しい性欲を。

酩酊《めいてい》させてやるのだ。自分のこの肉欲で。

直江は容赦《ようしゃ》なく、硬く滾《たぎ》った自《みずか》らのものを、彼女の最も柔らかい小さなとば口へと押し当て、押し開き、一息に腰を突き入れた。

目を見開いて顎《あご》をのけぞらせた美奈子の口から、無残な悲鳴がほとばしった。

それは悪夢だった。決して破られてはならないものが、陥落《かんらく》を許した瞬間の悲痛な叫びだった。貞潔の門は破られて、いま、その男の熱い肉塊《にくかい》を包み込んでいる。

宙をあおぐ美奈子の目は、見開かれていたが、もう何も映してはいなかった。

白い頬《ほお》には涙のあとが幾筋も残り、蒼ざめた唇はひとつの言葉も紡ぐことはできず、ただぽかんと丸く開かれて、身を引き裂くような痛みとともに下半身を貫《つらぬ》く灼熱《しやくねつ》めいた質量を、茫然《ぼうぜん》と感じている。

直江は目を閉じた。自らを包み込む、美奈子の柔襞《やわひだ》を感じている。

ああ……、と声を漏らした。

これを景虎も感じたのか。この狭くて熱くて吸いついてくるような、これを。

美奈子の肉襞を通して、景虎を感じる。無上の悦びを感じる。

美奈子を抱いた景虎に同調したような思いがした。頭の芯《しん》が白くハレーションを起こした。

そして同じだけの質量の絶望を、美奈子は味わう。世界が色彩を失い、モノクロになり、暗闇《くらやみ》に呑み込まれていくのを。

心とは裏腹に、美奈子の躰は直江によく応《こた》えた。直江の行為を呪《のろ》いながらも、包む力はみるみる強くなっていき、ぐいぐいと奥へ奥へと引きずり込んでいく。美奈子自身にもどうにもできない。どうすることもできない女の肉体の暗い神秘に、生き物の逃れられない業《ごう》が潜《ひそ》む。

見ろ。この女だって同じだ。俺と同じじゃないか。

欲望とは無縁みたいな顔をして、その実は、救いがないほど貪婪《どんらん》じゃないか。恋人でもない男を自ら肉の洞穴を広げて迎え入れているじゃないか。この浅ましさは俺とどう違う。果てしない律動は美奈子の中に大きな波を何度も起こし、何度も呑み込む。白い躰は官能に打ち震え、何度も何度も痙攣する。見ろ、貪《むさぼ》ってやがる。イキまくってるじゃないか。

誰でもいいのだ。この女は。男なら誰でも迎え入れるのだ。特別な女なんかじゃない。あなたが選ぶ価値などない。あなたはどこまでも騙《だま》されていたのだ。

この女が淋《さび》しい心を誘惑した。あなたの安らいだ表情を与え、小さな夢を打ち明ける値打ちなど、この女にはない。俺が暴いてやる。この女の正体を。ありきたりの、とるにたらぬ存在であることを。選び愛する価値などないことを。

憎くて憎くてたまらなかった。いつか自分はこの女を殺すだろうと思ってきた。あなたの心を、魂《たましい》ごと、俺から奪っていった女。景虎が愛した女。

消えてしまえ。消えてしまえ。悪夢。

おまえになりたかった。できることなら俺がおまえのようになりたかった。

俺があのひとを救いたかった……！

直江は目をつぶって夢中で貪る。

景虎がそうしたであろうように。

柔らかで熱い肉の感触の向こうに、景虎を探す。景虎の欲望を。景虎の愛を。

景虎がここから味わったものをなぞるように。ひとつも逃さぬように。美奈子の躰を感じ尽くすことで景虎を感じ尽くそうとした。美奈子の躰に景虎を探していた。美奈子の細胞に染みこんでいるはずの景虎の、その愛情を。その気配を。名残を欠片《かけら》を痕跡《こんせき》を。自分が得られなかったもの全《すべ》て、その一粒子を。

飢《う》えた子供のように貪り尽くす。

美奈子はもう抵抗はしなかった。貫かれた瞬間に抵抗する気力は潰《つい》えてしまったのだろう。従順な贄《にえ》となった美奈子は、瞬きもしない。瞬きもせず涙を流している。

「……あいしてる……っ」

直江はいつしかあえぐように発している。責め立てながら吐き出し続ける。

「あいしてる……愛してる……愛してる!」

声をからし、涙も唾液《だえき》も垂れ流し、壊れたレコードのように。

「愛してる! 愛してる! ……愛してる!」

直江が組み敷いているのは、もう美奈子ではなかった。そこにいるのは景虎だった。景虎を犯しながら、狂ったように叫ぶのだ。繰り返し繰り返し、錯乱《さくらん》したように叫ぶのだ。

告解のように。懺悔《ざんげ》のように。

波濤《はとう》がみえる。越後《えちご》の海だ。荒海の砂浜で向き合った。

冷たい雨の中で向き合った。ナパームの炎の中で向き合った。

向き合って向き合って向き合っても、やがて背を向けて去っていく。のばした手は届かない。虚空《こくう》に爪を立てて叫んでいる。抱きしめたいのは――手に入れたいのは、いつだってひとつだった。

あなたとひとつになりたい。あなただけが欲しい。あなただけが。あなただけを。

あなたを――。

「愛しているんだ！」


昇りつめた果てに吐き出したのは――。

罪という名の、廃液だったのか。


美奈子の胎内《たいない》に受け止められ、やがて溶けていく。

暖炉の中で燃える薪は、黒く焦げきって、がらがらと崩れていく。

天を染める稲光《いなびかり》が、闇の中に一瞬、白骨めいた森の木々を浮かび上がらせる。

無残な夜を糾弾《きゆうだん》するように。

終わりは始まった。

いま、全ては絶望へと舵《かじ》を切った。

＊

古い柱時計が、十回、鐘《かね》を鳴らした。

テーブルには冷めきった珈琲《コーヒー》が残っている。

居間には、暴力が過ぎたあとの白い空気が漂《ただよ》っていた。

裸体の美奈子は床に倒れ込んだまま、ぴくりとも動かなかった。長い手足を人形のように投げ出して、死んでいるかのごとく、横たわっている。

直江は放心状態で、床に座り込んでいた。

破かれた着衣と床に散らばる体液が、罪の痕跡を生々しく残していた。

パチ、パチ、と薪が弾ける。

時計の時報で、ようやく意識を取り戻したのだろう。直江の背後で、美奈子がようやく起き上がる気配がした。衣擦《きぬず》れの音がした。直江は振り返ることもできなかった。頭を抱えるように両手で前頭部を覆っていた。

美奈子は破れた着衣をかき集め、しばらく座り込んでいた。自分の身に起きた無残な出来事を現実と受け止めることができないのか、放心してうちひしがれている。

振り子の音だけが響いている。

よろり、と美奈子が立ちあがった。

その白い躰は、生命の輝きを失い、まるで真冬の枯木のようだった。

何も言わずに去っていく。おぼつかない足取りで。罵倒《ばとう》もせずに。

罵倒されるほうがマシだった。無言であることのほうが、こたえる。いまここに拳銃《けんじゅう》があったなら、直江は間違いなく、自らの頭を撃ち抜いていただろう。
強く死を意識した、その時だ。
美奈子が口を開いた。
「……のぞみは……いつか、かなう……」
直江は目を見開いた。
美奈子は置き手紙をするように、低い声で告げた。
「……しんじていて……」
足を引きずりながら、部屋へと去っていく。
扉が閉まった。その向こうからはもう物音ひとつ聞こえてこない。
直江は頭を抱えて震えた。
叫び出したいのを奥歯で噛み殺し、声もなく、呻《うめ》き続けた。

*

死んでしまえと罵られたほうが、マシだった。
なぜ、美奈子はあんなことを言ったのか。
あれは直江を許したのではない。許し言葉でないことだけはわかる。

死ぬことも許さない、という呪いだったのだろうか。

阿蘇《あそ》に本格的な冬がやってきた。

木々はすっかり冬枯れして、生き物たちもそろそろ冬眠の支度に入る頃だ。

山荘の周りも濡れ落ち葉が積もり、景色は一変した。

葉が生い茂っていた頃よりも、いくらか見通しがよくなったので、部屋に陽がよく入るようになったが、潜伏している身には、あまり人目につきやすくなるのは、こまる。


直江と美奈子は、あれから一言も、口をきいていない。

美奈子は部屋に閉じこもった。三日間、ろくに部屋から出てこなかった。

無理もない。その身と心に受けた暴力に、深く傷ついた美奈子は、もう直江と同じ屋根の下にいるだけでも恐ろしいはずだった。犯罪者と住むようなものだからだ。

直江はその後、家を出て、山の中をさまよった。延々とさまよった。首をくくるのに良い枝がないかを探したが、結局、実行できなかった。混乱した精神状態で、なけなしの理性が、直江を引き留めた。ここで死んでは使命を果たせなくなる。上杉《うえすぎ》が終わると。

自死の誘惑をふりきった直江は、ともかく美奈子に謝罪しなければならないと思った。

だが、どんな顔で向き合えばいい。とても顔向けができることではない。自らのしでかした暴挙に絶望しながら、重い足取りで家に戻ったが、部屋をノックしても返事がない。

まさか美奈子が自殺でもしたのではないか、と思い、ドアを強引にやぶったところ、部屋はもぬけの空《から》だった。

〝柳楽《やぎら》さんのところにいきます〟

そう書き置きがあった。

直江は力が抜けて、ベッドに座り込み、そのまま立ち上がれなくなってしまう。やがて顔面を覆ってうなだれた。

地獄《じごく》を生み出したのは、自分だ。


美奈子は柳楽のもとに行っても、何があったかは、打ち明けなかった。

すっかり表情を失った美奈子に、柳楽は異常事態を感じ取ったが、あまりに憔悴していたため、聞き出すことはできなかった。

美奈子はあの無残な夜のことを胸に押し込め、誰にも打ち明けはしなかったが、いつまでも、うちひしがれてもいなかった。

突然、鉛筆を手に取り、黙々と絵を描き始めた。

手当たり次第と言ってもいい。

目に映るものならば、なんでも、描きまくった。

スケッチブックが足りなくなると、余白にまで描いた。寝食を忘れて描き続けた。自分に、思い出す隙も与えまいとするように。それでもフラッシュバックする。心が折れそうになる。

それでも描き続ける。

叫べない心の代わりに、叫んでいる。


「いったい何があったのかね」

それから数日後のことだった。

ようやく柳楽の家を訪ねていった直江に、柳楽が問いかけてきた。

「美奈子くんに、何をした」

とても自分の口からは言えないことだった。

居間のソファに腰掛けたまま、直江は重く口を閉ざしている。柳楽は鬼のような形相と鋭い眼差しで、直江をじっと凝視している。

ふたりの間にただならぬことが起きたことは、もう気づいているのだろう。険《けわ》しい顔を崩さず、尋問《じんもん》するように直江を見ている。

針の筵《むしろ》だ。

むろん自業自得なのだ。

「口に出せないようなことをしたのか。君も男なら、なんとか言ってみたらどうだ」

「……。美奈子さんは、もう二度と私の顔は見たくないと思います」

これからどうするべきなのか、まったく頭に浮かんでこない。

このままではいけないと思ったが、修復する方法も浮かばない。

「彼女を、しばらく柳楽さんの家に置いていただいてもよろしいですか」

「もちろん、私のほうはかまわんがね。だが、謝罪はしたのかね」

「……」

「君は彼女を守るためにここに来たのではなかったのかね！」

直江は、弁解の言葉もない。

――美奈子を守れ。

――おまえはオレが、この世で一番信じている男だからだ！

体中に無数の矢が刺さる。

信じられないような卑劣《ひれつ》を犯した。この手で犯した。美奈子を……景虎の恋人を。

取り返しがつかない。

美奈子はもう二度と心を開きはしないだろう。当然だ。護衛者は犯罪者になったのだ。世の中で一番信頼できない男に、これ以上守られていたいとも思わないはず。

償えることだとも思えない。

景虎の信頼を裏切るばかりか、踏みにじった。悪辣きわまりない行為で踏みにじった。到底許される話ではない。

衝動的だったとか発作的だったとか、そんなものは理由にならない。まちがいを犯した。ただその一点だ。取り返しがつかないことをした。美奈子を殺すにも等しいことをしたのだ。

終わりだ、と直江は思った。終わった。景虎がこれを知ったら、どうなるか。なにもかもが終わる。自分たちの四百年も。夜叉衆《やしゃしゅう》としての関係も。積み重ねてきた信頼も。全てに亀裂《きれつ》が入って破裂する。何もかも終わりだ。終わった。誰のせいでもない。自分が終わらせた。自分がやったことだ。この自分が。自分が。

(俺が狂っていた……っ)

泣いてわめいたところで取り返しがつかない。自暴自棄になった挙げ句の、凶行だ。

柳楽はそんな直江を凝視する。弁解の余地を許さない。直江の手や顔が傷だらけなのは、美奈子に抵抗された時のものもあるが、ことが終わったあとでさんざん自分を虐《いじ》め抜いたせいだ。拳《こぶし》は割れ、額《ひたい》には大きな裂傷《れっしょう》がある。だが、そんなもので許されるわけもない。

「……謝罪をしたら……ここを去ります。護衛は、他の者に託します……。だから、最後に一目会わせてください。どうか謝罪を」

「その必要はありません」

女の声がして、直江と柳楽は驚いて振り返った。

居間の入り口に、美奈子がいる。

毅然《きぜん》とした表情で立っている。数日前までの憔悴が嘘のように、美奈子はひどく落ち着いた口調で、告げた。

「……柳楽さん、お世話になりました。やはり帰ります」

「美奈子くん」

「ここにいては、やはり、よくないと思うので」

織田は自分を狙っているのだ。柳楽を巻き込んではいけない。そう思ったのだ。

「美奈子さん……」

「行きましょう。笠原さん」

そう言うと、美奈子は柳楽に深く一礼した。そして直江を振り返りもせず歩き出す。その歩調は驚くほどしっかりとしていて、たどたどしさは微塵もない。

美奈子はうつむかない。弱くあることから決別したと言わんばかりに。粛然とした歩みの後ろを、直江は刑場につれていかれる科人のごとく、弱々しくついていく。

山荘に引き返す道の途中で、美奈子は立ち止まった。冷たい風が吹いている。

「……あの夜のことは、誰にも言いません」

「……」

「決して言いません」

直江の顔を見ようとはしない。暴力を受けたことを決して許してはいない。そういう思いが伝わってくる。

「だから、あなたも言わないで」

「美奈子さん……」

「墓場まで持っていくって、誓って」

語尾が震えている。怒りのあまりに声が上擦っているのだと感じた。直江は心の底から自分のひ弱さを呪わしく思った。自分が抱えるべきものを抱えきれなくなって、挙げ句、何ら落度のない美奈子に暴力という手でぶちまけたのだ。

救いがたい卑劣漢だった。あまりの無様さに目の前が暗くなった。悔いるあまり消え入りたいと思った。あの夜のことを一から十まで消してしまいたい。己の愚劣さに心の底から絶望した。

「許してくれ……」

「言わないで」

「どうか許してくれ……っ」

「もう二度と」

美奈子は天を仰《あお》いで涙をこらえている。

「お願いだから……わすれさせて……」

「美奈子……」

「もう……わかったから……じゅうぶん……わかったから……」

　直江は崩れ落ちるように、膝をついた。濡れた落ち葉の上でいつまでも土下座する直江を、美奈子は決して振り返らない。顔を天に向けて目をつぶり、歯を食いしばっている。

——信じてる。おまえを。

　ふたりの瞼《まぶた》に浮かぶのは、景虎の面影だ。

——必ず迎えに行くから。

　冬枯れの森に、雪がちらつく。

　その罪は決して消えることはない。

第六章　蒼光

ひさしを打つ雨音は一日中、やむことがなかった。

景虎《かげとら》が目を覚ましたのは、石手寺《いしてじ》の近くにある宿坊《しゅくぼう》の一室だった。

「……あ、目が覚めましたか。加瀬《かせ》さん」

覗《のぞ》き込んできたのは、鉄二《てつじ》だった。

景虎はぼんやりと辺りを見回した。起き上がろうとすると、額《ひたい》から濡《ぬ》れたタオルが落ちた。頭の下には水枕《みずまくら》が敷かれている。慌《あわ》てて鉄二が横から支えた。

「ああ、無理をしないで。まだ熱がひいてないんですから」

時折、自分がどこにいるか、わからなくなる。日にちと場所がうやむやになるので、起きると必ず確かめるようになった。枕元には鎮咳薬《ちんがいやく》と頓服《とんぷく》が用意してある。

月山《がっさん》から命からがら帰還した景虎は、それから調子を崩している。愛媛《えひめ》にいる勝長《かつなが》たちのもとに合流したのはいいが、熱がなかなか下がらず、全身のだるさもとれない。医者の勝長によれば、心臓《しんぞう》が少し肥大《ひだい》しているようで息切れがひどかった。

「……腹減ったでしょう。おかゆ食べますか」

「ああ……」

「近所で産みたての卵もらってきたんです。それも入れますね」

「何か……言ってたか？」

え？　と鉄二が振り返った。

「はあ……。しきりに、直江《なおえ》、直江って……」

うなされて寝言を口にしたのではないかと心配している。

「それだけか？」

「苦しそうな声でした……。いまどこにいるんですか。美奈子《みなこ》さんと」

それは教えることができない。

黙り込んだ景虎を見て、鉄二は立ちあがった。

「佐々木《ささき》先生呼んできますね」

部屋から出ていったのを見届けて、景虎は額に手をやった。

（情けない……）

信長《のぶなが》との全面戦争のために、美奈子を直江に預けたのに、その自分が戦いに加わることもできずにいるとは……。

ひどい夢を見た。直江の夢だ。美奈子を手にかけようとしていた。止めようとして叫んでいた。あれだけ夢で叫んだのだ。うわごとにもなるだろう。

阿蘇《あそ》に赴《おもむ》いた八海《はっかい》から、直江の近況は聞いた。ふたりは無事に柳楽《やぎら》の山荘にたどり着き、潜伏生活を始めているという。

そして八神《やがみ》のことも聞いた。長秀《ながひで》の思惑で動いたことも。

その長秀は晴家《はるいえ》と熊野《くまの》に向かっている。根針《ねばり》法潰《つぶ》しに駆け回っている。

八神には、長秀の指示は一切聞かぬよう、八海からきつく言いつけた。接触できないよう、遠方に配置もした。そして長秀と景虎は、険悪を極めている。

――あのふたりを一緒にさせるのが危険だってことぐらい、おまえだって……！

（そんなことにはならない……）

（そうだろう、直江）

どんなに追い詰められても、道を外すことがない男だ。むしろ、自暴自棄になって道を外しかけるのは、いつだって自分のほうだった。

（おまえは大丈夫だ。おまえだけは……）

海の向こうの阿蘇の地に、想《おも》いを馳《は》せていた時だった。

襖《ふすま》が開いて、顔を覗かせてきた者がいる。見れば、幼児だ。

景虎はふと表情を緩《ゆる》めた。

「石太郎《いしたろう》、どうした」

本当の名は奇妙丸《きみょうまる》。信長の息子だ。だが、その名では呼ばず、こちらに手招きした。

石太郎はおずおずと近づいてきた。手にはけん玉を持っている。それを差し出した。やってみて。そう言いたいらしい。

「昔は手慰《てなぐさ》みによくやったもんだが……。できるかな」

景虎はけん玉を振って、玉を皿にのせた。もしもしカメよ、を歌いながら、器用にひっくり返す。石太郎は感心そうに見ていた。だが、玉を剣にさすところで失敗した。

「……子供の頃は一発で決められたもんだが。おまえもやってみるか」

石太郎を膝《ひざ》にのせ、後ろから手を添えて、玉をのせる。こん、と軽快な音が鳴る。こん、こん、こん、と繰り返す。石太郎は喜んだ。景虎も心がなごんだ。

「……そうか。おまえは朽木《くちき》の息子でもあるんだな」

目元と耳がよく似ている。友人の子をあやしている気がしてきた。

自分が術に利用され、地下に埋められていたことなど、覚えてはいないのか。無邪気にけん玉と戯《たわむ》れている。景虎が自《みずか》らの子をもったのは、初生《しょせい》の時のみだったが、こうしていると思い出す。道満丸《どうまんまる》のことを……。

（そういえば、直江は自分の子をもったことはないんだったな……）

初生では妻帯はしたが、子を成す前に命を落とした。子がいれば、さぞ子煩悩《こぼんのう》な父親になっただろうに。

景虎はふと自分の二度目の換生《かんしょう》を思い出した。六郎太《ろくろうた》という子供だった。

人目をかんがみ、子供の振る舞いをせねばならない場面もあったから、時に直江の膝にのったこともある。

直江の目からは、自分がこんなふうに見えたのだろうか。……まあ、石太郎ほど幼くもなかったが。

(自分がまるで、直江の子供になったような気がした……)

我に返ると、石太郎が景虎を見上げている。

「……？　どうした？」

何か心配そうに見ている。

「おまえには……わかるのか。オレの心のうちが」

石太郎はしゃべらない。景虎は石太郎の頭を撫《な》でて、遠い目をした。

「長年連れ添った男のことだ。直江信綱《のぶつな》と言って……。周りからは堅物《かたぶつ》だとからかわれることもあったが、誰に対しても誠実で、誰よりも頼りになる男なんだ……」

石太郎は不思議そうな顔をして見上げている。

「オレたちが追い詰められてグラグラになっても、最後の最後で足を踏ん張って、踏みとどまれるのは、いつもあいつだった。オレはあいつの言葉が好きでね。話してると、時間も空気も濃くなる感じがする……」

景虎は穏やかな目になった。

「頼りにしてるんだ……。なのに、なかなか伝えられない」

石太郎がまとう子供特有のどこか甘みを含むにおいに、景虎は懐かしさを覚えた。

「オレも子供に戻れたら、一からやりなおせるんだろうか」

尤《もっと》も、換生は記憶が引き継がれる。

胎児《たいじ》換生しても、自分自身から逃れることはできない。

(あるべき姿に戻らなきゃならないのは……、オレのほうなのかもしれない)

あの日から、考えない日はない。直江とのこと。

こんな歪《いびつ》なかたちに依存するのではなく、なにか別のかたちがあるのではないか。

それが見つけられないなら、全てを「正しい主従関係」という型に戻すべきではないか。

――俺が言いたいのは、直江の気持ちだ。

長秀の警告が耳に残る。

(直江が、本気で、美奈子を愛しているのだとしたら……)

男女のことはどうなるかわからない、という長秀の言葉には一理ある。

だが、美奈子の心が万一、直江に動かされたとしても、不思議と嫌悪感はないのだ。自分は美奈子に幸せな未来を約束できないという思いもある。だが直江なら……。直江ならできる。

その直江を選ぶ美奈子に、どうして怒りなど感じるだろう。

美奈子はそもそも心変わりするような女性ではないが、その美奈子に対しての独占欲が、自分には乏しいのだろう。それは薄情というのではなく、彼女に注ぐ愛情自体が執着を伴っていないからなのか。自分のものにしたい、と強く突き動かされて身動きがとれなくなるような、そういう熱情とはちがう。もっと安らかなものだ。この胸にある美奈子への慕情は、心を穏やかにするものではあっても、猛《たけ》らせるものではない。

それとも、相手が直江以外の男だったら、またちがう感情が沸き起こるのだろうか。

(この心が騒ぐのは)

直江のことだ。いつだって。

直江が、主人から恋人を奪い、それで景虎に勝ったと誇るつもりなら……。

「………」

石太郎の頭を撫でていた手が、すっとおろされた。

(なんなんだ、これは……)

(オレはいま、何に怒りを感じた)

美奈子を奪って勝ち誇る直江に対してなのか。

美奈子を選ぶ直江に対してなのか。

ざわ、と心の中で不快な感情が動いた。

目を背けてきた感情の気配だ。景虎の心の奥底に潜《ひそ》む怪物が。

一度見てしまったら、死んでしまうような感情が。一度認めてしまったら、いたたまれず、消え入りたくなるような感情が、闇《やみ》の奥からこちらを見つめている。

（これ以上、蓋《ふた》を開けてはいけない）

（オレに気づかせるな）

（頼むから。オレに気づかせないでくれ）

ふぎゃあああ！　と突然、石太郎が火がついたように泣き出した。

景虎は我に返った。何か怖いものでも見たかのように泣きわめく石太郎を、慌てて宥《なだ》める。

そこへ色部《いろべ》勝長がやってきた。

「おお、石太郎どうしたあ。よーしよーし。こわくないぞう、ほーらこわくないぞう」

「……あやし方が、堂に入ってますね」

「この二カ月ばかり、ずっと相手をしていたからな」

石太郎が泣き止むと、「あっちのお兄ちゃんと遊んでなさい」と鉄二に預けて、部屋から出した。

「子供をあやせるぐらいには調子がいいようだな。どれ、診察するぞ」

聴診器をとりだして、景虎の胸にあてる。心臓と肺のあたりを何度も繰り返し、聴いた。

「……だいぶ息苦しいだろう。よくこんな体で月山の頂《いただき》まであがれたもんだ」

「解熱剤をください。長秀たちだけに任せておけない」

「戦いに出るつもりなら、血中酸素をせめて九十五まであげないとな。それより、例の仏性《ぶっしょう》石《せき》だが」

二つ目の石だ。月山にいた茶筅丸《ちゃせんまる》から、からくも奪うことができた。

「やはり弥勒菩薩《みろくぼさつ》の種字《しゅじ》を宿していた。どうやら三つの仏性石は、三つとも、弥勒菩薩に関わるもののようだな」

景虎は厳しい目つきになった。

「あとひとつ揃《そろ》えば、……何が起こる？」

「それは集めてみないことにはわからん。集めただけでも駄目なのかもしれん」

石太郎が晴家の口を借りて伝えてきた言葉。

〝あとふたり、産子を探せ。その手の石を集めよ〟

〝弥勒が降りてくる〟

〝三つの仏性石を手にしたものがゴリョウをすべる。ヒの山の腹より弥勒は生まれん〟

〝弥勒を生め。弥勒のみが魔王を〟

勝長は真率《しんそつ》な表情で言った。

「三つの石は、何かの鍵《かぎ》かもしれないぞ」

「鍵……？」

「どこかに装置があるんだろう。その装置が、術を指すのか壇《だん》なのかはわからん。だが、おそらく信長の弱点をつく」

「弥勒菩薩……？　第六天魔王の弱点をつけるのが？」

「第六天魔王の〝第六天〟とは、仏教でいう〝他化自在天《たけじざいてん》〟のこと。〝欲天《よくてん》〟と呼ばれる天界にある六つの世界の頂点にあり、第六天魔王は、その主《あるじ》をさす。弥勒菩薩は頂からふたつ下の階層にある〝兜卒天《とそつてん》〟で修行している」

「第六天魔王というのは、平たく言うと、ひたすらこの世の人々に欲と快楽を与える存在でしたね」

「ああ。信長が第六天魔王を自称したのは、現世の人々の現実的な欲に応《こた》え、住みよい国を作る、天下のあらゆる欲望を満たす存在になるという意味だったのだろう。あくまで自称だから、実際の神仏とは関わりない」

夜叉衆《やしゃしゅう》のように神仏と結縁《けちえん》したわけでもない。

信長が神仏だということでもない。ただ人よりも力を持っているというだけだ。

神仏を自称し、人々に崇《あが》めさせ、神仏に等しい存在になることを求めはしたが。

「仏教界のそれとはまったく関係ない。なら、なぜ弥勒菩薩が弱点になるんでしょう」

「やはり、肝《きも》か」

「肝？」

「信長と霊的に繋《つな》がっている産子《うぶこ》だ。信長は産子を介して霊地の霊力を吸い上げるが、その逆流も起こりうるということではないか」

「産子が、信長から力を吸い上げることもある……と？」

「根拠はない。あくまで推測だが」

「織田《おだ》は、産子が石を握っていたことを知っているんですか」

「いや。気づいているなら、是《ぜ》が非《ひ》でも取り返しに来るはずだ」

が、その気配もない。

そもそも助け出した全部の産子が石を持っていたわけでもない。根針法の壇から救い出せなかった産子は、今のところ四人。生きて脱出することができ、仏性石を握っていたのは奇妙丸(石太郎)と茶筅丸だけだ。

「共通項はふたりとも男児で、信長の長男次男の名がつけられていることだけか」

「………。母親が同じなのでは。その母親に何かあるかも」

勝長が黒いカバンから薬をとりだした。

「調査は八海たちに任せている。壇潰しも長秀たちにまかせて、おまえさんはおとなしく寝てることだ」

「寝てられない。織田の罠《わな》のこともある」

「《吸力結界《けっかい》》か」

対策案がまとまらない。その後、月山で検証したが、痕跡《こんせき》はほぼ消されていた。

が、幸いにも、近くの池の底で証拠品らしきものが見つかった。

「〝無〟〝常〟という漢字が記された丸い石だった。バトル中にたまたま飛ばされて回収し損ねたのだろうが、おそらく結界石だな。経文を一字ずつ石に記して結界するタイプの」

「もともと、池に沈んでいたものではなく？」

「晴家に霊査《れいさ》させたら、まだ新しかった」

「呪具《じゅぐ》が目に見えるものなら、対策は打てるはずだが」

「どうかな。今いる場所に石をまかれて結界されたら、どうにもならん」

検知できない結界だけに、厄介《やっかい》だ。

「ひとつ場所に留まる時は結界よけを施して、ふだんは二手に分かれて行動する。それしか今のところ手立てではない」

「長秀と晴家ふたりだけでは心もとない……。やはり行かないと」

景虎は布団をはねあげて、起き上がろうとする。すぐにドクターストップがかかった。

「のんびり寝てたら信長に雷《いかづち》を落とされますよ」

「安心しろ。どうやら信長もここには手を出せないようだ」

落とすなら、とっくにやっている。だが、刺客《しかく》を送り込んではきても、松川《まつかわ》神社のように一息に吹き飛ばしはしないところを見ると、手を出せない理由があるようだ。

「奇妙丸がいるから？」

「それもあるかもしれんが、にしては、取り返しに来る気配もない。もしかしたら、八十八カ所結界のせいかもしれんな」

「空海《くうかい》が生んだ四国結界……」

「この結界が防御になってる可能性もある。いかな信長でも、空海の結界を突き破ることはできんか」

ましてや石手寺は結界点のひとつだ。

「……四国結界が破れることの危険性のほうを考慮してるとも考えられる。なんにしろ、ここは安全だ」

「奇妙丸を四国に置いたのも、石鎚山《いしづちさん》の、というよりも、四国結界の霊力を手に入れるためだったのかもしれませんね」

景虎は組んだ手に力をこめた。……そうなっていたら、と思うと、ぞっとする。

「とにかく焦りは禁物だ。長丁場に備えよう」

勝長が酸素吸入の支度を始める。景虎はふと長押《なげし》にかかった日めくりカレンダーに気がついた。

「今日は、笠原《かさはら》の両親の命日じゃありませんか?」

「え……? そうか。今日が一周忌《しゅうき》か」

「………。ええ」

直江は笠原家の親族には失踪《しっそう》扱いされている。養子縁組はしたものの、事実上の解消だ。阿蘇にいる直江は今日この日を、どんな思いで過ごしていることか。

勝長も、口にはしていなかったが、ずっと気にかけていたとみえる。

美奈子をめぐって、景虎と長秀が険悪になっていることも知っている。その長秀が、美奈子を毒殺しかけた話も、八海から聞いていた。長秀の暴挙を、勝長も承服はできなかったが、美奈子と直江がふたりきりでいることに不安の種がないと言ったら、嘘《うそ》になる。

「……直江を、呼び戻さないでいいのか」

「あなたもお説教ですか」

「そうじゃない。美奈子のことよりも、おまえさんだ。直江が近くにいたほうがいいんじゃないか」

「なにを言ってるんです。子供じゃあるまいし」

「少しは素直になったらどうなんだ」

勝長は責めるでもなく、肩を叩《たた》くような口調で言った。

「おまえたちふたりは、近くにいればいがみあうが、一度遠ざければ、必ず求めあってるじゃないか」

「………」

「もしや、本当に直江が美奈子を愛しているとでも、思ってるのか」

景虎は虚《きょ》を衝かれた。勝長は真摯《しんし》な声で、告げた。

「目を背けるのはやめろ。直江が唯一愛しているのは――」

「色部さん」

言葉を遮《さえぎ》るように、景虎は言った。

「自分たちはそういう感情で相手を見ているわけじゃありません」

「その感情に名前をつける必要はないと思うが、相手を欲するということに男も女もない。年齢も関係なければ、肌の色も育ち方も立場の違いもない。ひとは自分の感情にいろんな名前をつけて自分自身を納得させようとするが、勇気を出して、ありのままを受け止めることも、時には必要なんじゃないか」

「勝長殿……」

「経験が山ほどついて知恵もつくと、誰しも無謀《むぼう》はできなくなる。破綻《はたん》しないように適度な距離感を測ってみたり、決して崩れない関係性の型に自分たちを当てはめようとする。先回りして考えて、安全な石橋も執拗《しつよう》に叩いて。本当の望みなど、心の奥へ奥へと隠してしまうつもりなんだろう。だが、おまえたちは、お互いに執着しあうために傷つけ合っているようにみえる」

「……」

「直江の敵は、美奈子だ」

景虎は息を止めた。

「おまえが何をどう思い込もうと、直江はおまえに愛された美奈子を敵視してる。美奈子に愛されたおまえを、ではない」

「ちがいます。直江が愛しているのは」

「なぜ目を背ける。嫉妬《しっと》する相手を、心を殺して守るということが、どれだけ難しいことか、おまえにはわからないのか」

「だったら〝だからこそ〟です」

景虎は振り払うように言った。

「その感情は、オレたちには危険すぎる。だから押し殺すんです。押し殺して修正するんです。あるべき型にはまって安全を保つんです。そうでないと壊れる」

「壊れる？　なにが？　おまえたちふたりが？」

「オレがです」

その強い語調に、勝長は一瞬、驚いて言葉を呑《の》んだ。

景虎はうなだれて、膝の上で拳《こぶし》を固めている。その拳が震えている。

「その感情に身も心も明け渡したら、……オレ自身が壊れる」

「景虎……」

搾《しぼ》り出すように言ったその横顔に、抜き差しならぬものを感じて、勝長は会話を止めた。景虎がそれを本気で恐れているのが伝わった。これ以上言っては追い詰めてしまいそうで、何も言えなくなってしまった。

枕元に置かれた水差しのふちが、電球の光を受けて鈍く光っている。

しとしとと降る雨はやむことなく、庭の池に次々と波紋を生みだしては、消える。ひさしから絶え間なく落ちる雨滴《うてき》を眺め、勝長は溜息《ためいき》をついた。

「住職に頼んで、ささやかな一周忌法要を執り行ってもらおう。笠原の両親のために」

「そうですね」

景虎の声が多少、持ち直した。

「……………。それと、色部さん。ちょっと話しておきたいことが」

「なんだ?」

景虎はしばらく言葉をためてから、口を開いた。

「鉄二のことなんですが……」

言いかけた時だった。ガタガタガタと玄関のほうから物音が聞こえた。なんだろう、と思っていると、ほどなく騒然としてきて、当の鉄二が足音も荒く部屋に飛び込んできた。

「加瀬さん、佐々木さん、大変です！　玄関に怪我《けが》人が！」

報《しら》せを受けて、景虎と勝長が玄関へと駆けつけた。

そこに横たわっていたのは、ずぶ濡れの女だ。頭にスカーフを巻いてコートを着ているが、何かに引き裂かれたようにボロボロで血が滲《にじ》んでいる。ひどい怪我だ。

「な……っ。これはいかん。すぐに手当てを！」

と抱き起こしかけた勝長は「あっ」と息を呑んだ。

「この女……っ」

「見覚えが」

「佐久間盛政《さくまもりまさ》と一緒にいた女だ。石太郎を取り返しに来た。確か〝虎《とら》〟と呼ばれていた！」

「佐久間……ッ。織田の鬼玄蕃《おにげんば》！」

景虎も気づいた。月山で戦った時、盛政のそばにいた女だ。間違いない。

しかも憑依霊《ひょういれい》ではない。換生者だ。

困惑していると、抱き起こされていた虎姫が、突然、勝長の腕を掴《つか》み、荒い息の下から訴えた。

「奇妙丸様は……奇妙丸様はご無事ですか」

「奇妙？　……ああ、無事だ。元気でいるが」

「あの御子《みこ》は信長公に命を狙《ねら》われております！　どうかお守りください！　お守りを！」

そう言うと、力尽きたように勝長の腕の中で気絶してしまう。

景虎と勝長は顔を見合わせた。

これはいったい……？

＊

怪我の手当てを終えて、虎姫がようやく人心地ついたのは、三時間ほど経《た》った頃だった。

景虎と勝長は枕元にいる。

虎姫は布団に寝かされたまま、事情を打ち明けた。

「……わたくしは、佐久間盛政の娘。虎にございます。六王教《ろくおうきょう》で産女頭《うぶめがしら》を務めておりました」

景虎と勝長は、顔を見合わせた。

根針法成就のために、織田は六王教の女性信者のうちでも最も霊力の高いものを選んで、産女となした。虎姫の役目は産子たちを取り上げることだ。いわば乳母《うば》のような存在だ。産子の世話をして、壇に配置するまでのもろもろを、この虎姫が担《にな》っていた。

「奇妙丸をまた取り返しに来たんじゃないのか……」

「残念ながら、もうその必要は、なくなりました」

虎姫の顔は心なしか青ざめている。

信長は用済みになった奇妙丸を始末するよう、命令を下したという。

「なんてむごいことを……。まだ幼子《おさなご》ではないか」

「はい。しかし奇妙丸様も茶筅丸様も、根針法のために産み落とされた御子。その御子が、敵に利用されることを恐れておるのです」

「つまり、我々にか」

「左様にございます」

　いわば、生きた呪具のようなものだ。彼らを敵の手に渡すことは、その呪具の悪用を許すことでもある。信長はそれを警戒している。

「……されど、罪のない御子にそのような仕打ちはあまりにもお気の毒。殿のご命令といえど、この心が、受け容れること、かないませんでした。奇妙丸様暗殺のため、送り込まれた討伐《とうばつ》隊を止めようとして、このような有様に」

　景虎はまだ警戒している。潜入するための方便だと疑っている。

　だが、虎姫の話に嘘はないようだった。作戦妨害したとなれば、重大な寝返りだ。信長に知られたらタダでは済まない。

「覚悟の上にございまする。わたくしも生前は、七人の子供をもつ母にございました。母の身なればこそ、御子たちがおいたわしく。御子の身の上を思えば、あまりにもつらく。殿にはお考え直しを、と何度も訴えてきましたが、聞き入れられず……」

　思いつめた挙げ句、単身、駆けつけたのだ。

「ひとりで戦ったのですか。織田の者たちと」

「はい。私には阿弥陀《あみだ》の鎖《くさり》がございます。《鵺《ぬえ》》たちには負けませぬ」

鬼玄蕃と呼ばれた猛将の娘だけある。

体を張って、奇妙丸を守るため、織田を捨ててきた虎姫の覚悟は、その身の傷を見れば伝わった。

「まことを申せば、根針法自体に賛同できませなんだ。されど、父の立場もございますれば、わたくしひとりが反対することもかなわず、せめて御子がぞんざいには扱われぬよう、乳母となりて、お世話をまっとうせんとして……」

「ぞんざいに扱わせないようだと？　詭弁《きべん》も大概にしろ！　乳飲み子をあんな山奥のあんな壇に埋めておくこと以上にむごい扱いがあるか！」

景虎は思わず怒鳴り返していた。

「あんたも人の親なら、止めるべきだった！　人の命を人柱にして成す呪法《じゅほう》など、あってはならない邪法の最たるものだ！　それもまだ母親から乳離れもできぬ赤ん坊をなど！」

「落ち着け、景虎」

「今更、その罪が晴れるとでも思っているのか！」

虎姫は叱責《しっせき》に耐えていた。

「……全《すべ》ておっしゃるとおりにございまする。母なればこそ、身を挺《てい》してでも止めるべきでございました。子の命を呪具のように扱うことは、戦国の人間といえど、いえ、戦国の人間であるからこそ、許してはならぬことでした。たとえ相手がかの織田信長公であろうとも」

「虎姫殿」

「ですから、断って参りました。父娘《おやこ》の絆《きずな》を」

佐久間盛政の娘であることを捨てて、奇妙丸を守ることを選んだ。

身を挺して守ったのだ。織田の刺客から。

「わたくしは、もう織田に戻ることもできぬ身。これよりは奇妙丸様の乳母として、生きていく所存にございまする」

「それは我々に与《くみ》するということか」

虎姫は即答できなかった。

「……まことであれば、奇妙丸様を巻き込みたくはないのです。このまま奇妙様とともに、どこか遠くへ逃げて、どこぞでひっそり暮らすことも考えましたが」

現実的な選択とは言えなかった。六王教という大きな屋根があったから、どうにか生きてこれられたのだ。まして虎姫はよみがえって間もない戦国の人間だ。昭和というこの時代を、赤子を抱えて、追っ手の目をかいくぐりながら、独りで生きていけるとも思えない。

「上杉《うえすぎ》様の庇護《ひご》にすがるしか……」

「…………。現代人として生きていくというのか」

「その覚悟です」

「庇護なんて……甘えるな。手に職をもって仕事をして、ただの一現代人として生きる覚悟はあるのか。現代人に埋もれて生きる覚悟は」

「それも産子たちへのわたくしの罪滅ぼしにございまする」

虎姫は半身を起こし、居住まいを正すと、景虎に向かって正座をしてみせた。

「ただ、今は……今しばらくは、お匿《かくま》いくださいませ。その代わり、織田の情報を上杉様にお伝え申し上げまする。私の知る限りのことを」

なにとぞお匿いくださいませ、と怪我の身をおして、頭を下げる。

景虎と勝長は、お互いを見やった。

（織田の情報保有者――）

取り引きを持ちかけられている。拒《こば》む手はなかった。

*

「奇妙丸様……にございまするか」

虎姫は、数カ月ぶりに再会を果たした石太郎を見て茫然《ぼうぜん》とした。その発育の早さに驚いていた。だが、顔立ちを見て虎姫にはすぐにわかったのだろう。

「まあ、まあ……。こんなに大きゅうなられて……。乳母は驚きましたぞ。凜々《りり》しいお顔だちは、殿そっくり……」

石太郎は突然現れた「乳母」に驚き、顔見知りをした。勝長の後ろに隠れようとしたが、虎姫が涙ながらに喜んでいるので、恥ずかしそうに顔だけ出している。

そっと差し伸べた小さな手を、虎姫は大切そうに両手で包んだ。

「壇に入られたからには、二度とお会いすることはないものと、覚悟を決めておりましたが、またこうしてお会いできるのは、嬉《うれ》しいことにございまする。されど、乳母は奇妙様に悲しいお知らせをいたさねばなりませぬ。奇妙様の母御は……松子《まつこ》様は、お亡くなりになりました」

これには景虎と勝長が反応した。

「松子……？　六王教の信者ですか」

はい、と虎姫は答えた。

「奇妙様と茶筅様、そして三七《さんしち》様の……母御にございます」

「三七というのは」

「ご兄弟にございまする。奇妙丸、茶筅丸、三七……。三つ子にございました」

三つ子？　と景虎たちは訊《き》き返した。

「三つ子だったのですか。この子たちは」

「はい」

「茶筅丸は……月山にいましたね。あなたがたが連れ出していったけれど。もうひとりの三七というのは、どこにいるのです」

三つ子と聞いて、すぐに思い浮かべたのは、三つの仏性石だ。

もしかして、その三七という産子が握っているのではないか、と疑った。しかし――。

「三七様は……亡くなりました」

「亡くなっただと?」

「はい。生まれて間もなく。奇妙様と茶筅様は健《すこ》やかにお生まれになったのですが、三七様はお体が小さく、ひと月も経たぬうちに息を」

景虎と勝長は、思わず背筋を正した。三つ子の三人目は死んだ。

死んだということは、もしその子が石を握っていたとしたら。

「虎姫。ひとつ聞きたいことがある。死んだ三七は、手に何か握っていなかったか」

「手に?」

「ああ、小さな石を握っていなかったか。弥勒菩薩の種字が浮かんだ石だ」

虎姫はなんのことだかわからないという顔だ。

「いえ、そのようなものは何も」

景虎と勝長は目配せをする。やがて奇妙丸は虎姫への警戒が解けたのだろう。すぐにいつもの人なつこさを発揮して、虎姫の手を引くと、先ほどまで遊んでいたミニカーを触らせて遊び始めてしまう。

「どういうことだと思う? 景虎」

小声で勝長が言った。景虎も腕組みをして考え込んでいる。

「……奇妙丸が石を握っていたのは壇から出たあとだったんですよね」

「ああ、そうだ」

「茶筅丸が握っていたのも、壇から出たあとだった。石は一度壇に入ってからでないと生まれないということだと思います。つまり……」

「霊地の力が赤子の体を巡って、結晶したものよ」

ふたりはギョッとして振り返った。その声は彼らの背後からあがった。座敷の柱にもたれるようにして立っているのは、おかっぱ頭の若者だ。

景虎は絶句した。

「高坂《こうさか》……。いつからそこにいた」

「数日前からこちらに滞在しておりましたが？」

景虎は勝長を咎《とが》めるような目で見た。勝長は「すまん」というように手を合わせた。

「タダ飯でも喰《く》らいに来たのか」

「バカをおっしゃらないでいただきたい。月山で人事不省になっていた貴殿を見つけて、皆のもとまで連れてきて差し上げたのは、誰でしたっけなあ」

「頼んだ覚えはない」

「まったく、これだから上杉は」

と言うと、ポケットからなにやらとりだして、景虎の目の前に突きつけた。その手にあったのは、結界石だ。景虎たちの表情がサッと変わった。

「この寺に《吸力結界》を仕掛けられていたとも知らず、のんびり養生とは……。どこまでもふぬけた方々ですなあ」

「いつだ。いつ仕掛けられた」

「昨日の夜ですかな」

高坂が見つけて回収し、事なきを得たということらしい。言っているそばから仕掛けられるとは……。不覚もいいところだ。油断も隙《すき》もない。

「幼子暗殺を邪魔《じゃま》されては困る、と思ったんだろう。あわよくば、おまえらごと消すつもりだったのかもしれん。尤も、そうなる前に、そこのおなごと、この私が片づけてしまったがな」

景虎は怪訝《けげん》な顔をした。

「だが、ここには鉄二もいた。妙な動きがあったなら遠見の力で見つけられたはずだが」

「大方、寝こけていたんだろうよ。どうでもいい。話を戻すと――」

と高坂は帽子をとって、ふたりのもとに座り込んだ。

「仏性石だ。あの石は、壇に入って霊脈の力を体に通した者のみが生み出せるのだろうな」

「おい、仏性石のことを誰から聞いた」

「そちらの御仁から」

と勝長を指す。勝長は再び「すまん」と手を合わせた。高坂は、性格のほうはともかく、霊査能力は頼りになる。

「人間の体は、体内に過剰摂取した塩分やミネラルが、時に体表で結晶することがある。それと同じ要領だろうな」

「だが、他の産子たちの手に、石はできなかった」

「石をつくる能力は、その三つ子にだけ備わっていたのだろう」

松子という六王教の女に何かあったのではないか。

景虎たちは虎姫に訊《たず》ねてみた。

「……松子様ですか。はい。あの方は六王教では一番の戦巫女《いくさみこ》にございました」

「戦巫女……っ。美奈子と同じ？」

「強い霊を降霊できるお方でした。時には人の霊のみならず、動物霊や精霊。そして神仏までも。一度その身に、降三世明王《ごうざんぜみょうおう》を降ろしたことも……」

景虎たちはゴクリとつばをのんだ。

「仏を……降ろしただと？　そんなことあり得るのか」

「実際に見ました。それは凄《すさ》まじいお姿でした。この世のものとは」

巫女に神を憑依させることは、珍しいことではない。神託を得るためのごく一般的な方法だ。

だが、仏を憑依させることができるものを、景虎たちは聞いたことがない。人間の身では、魂《たましい》が結縁することはできても、仏そのものを肉体に降ろすのは不可能と言われている。常人の身では耐えきれないからだ。

人間離れした霊的包容力をもち、かつ、それに耐えうる特別な肉体でなければ。

「戦巫女というのは……、もしかして、〝仏を降霊させる者〟のことなのか」

「左様にございます」

虎姫は鋭い目をして言った。

「仏を我が身に降臨させ、戦をする……。そういう者のことです」

景虎と勝長は、戦慄《せんりつ》を隠せない。

毘沙門天《びしゃもんてん》をただ降臨させるだけでも、莫大《ばくだい》な力が要る。

それを身に入れるなど、考えもよらないことだ。

「松子というのは、初めから六王教の？」

「いえ。六王教の御灯守《みとうもり》に見いだされ、満州《まんしゅう》から連れてきて入信させたと聞いておりまする」

(織田が生み出そうとしていたのは、仏を降ろせる人間……か)

美奈子もその候補だったわけだ。

確かにそれならば納得だ。伊勢《いせ》の斎宮《さいくう》にも容易に匹敵する。根針法の産女としては、これに勝る者はない。

「だが、亡くなった……のか」

「……。思えば、気の毒な方ではございましたが、ひとつ救いがあるならば」

と虎姫は大きな瞳《ひとみ》をあげて、

「松子様が、信長公をお慕いしておられたことです。自ら望まれた懐妊であったことは、まちがいないのです」

「……。その子らをむごい目に遭わせるとわかっていても？」

「それればかりは、松子様のお心に訊ねねばわかりません。されど……」

強い口調で言った。

「松子様はご臨終《りんじゅう》の際、わたくしに言い残されました。我が子たちをなにとぞお頼みいたします、お頼み申しますと。息を引き取るまぎわまで御子の身を気づかっておられた。だから私はここに来たのです！　松子様の御子を、お助けするために！」

そうだったのか、と景虎は受け止めるように呟いた。

石太郎は無邪気に遊んでいる。この姿を松子に見せてやれたなら、どんなに喜んだだろう、と景虎は思った。あの暗く狭い地下から出て健やかに育つこの姿を。

「……ともあれ、三つ子のうちのひとりは、すでに亡い。仏性石を生む能力は、母譲りなのだとしたら、三人目の子はいない。つまり、三つ目の石は得られないということか？」

「なんてこった……」

勝長が拳を床に叩きつけた。

「せっかく信長を倒す切り札を見つけられたかと思ったのに」

仏性石は永遠に三つ揃うことはない――。

道はあらかじめ断たれていたわけだ。

景虎たちの落胆《らくたん》は深い。石太郎の笑顔を見て、余計目の前が暗くなった。

「永遠にということはないぞ」

と言い出したのは、高坂だ。

「そこにいる信長の子を、もう一度、壇に埋めればいいのだ」

「馬鹿《ばか》なことを言うな！　そんなむごいことができるか！」

「仏性石を生む能力は、戦巫女の子に限られているなら、そうするしかないだろう。もう一度、石を作らせればいいのだ」

「高坂、きさま……っ、言うにことかいて」

「信長を倒すのではないのか！」

突然、高坂が大きく目を見開いて言い放った。普段大声を出すような男ではないだけに、景虎と勝長もギョッとした。

「おまえらの最終目標はなんだ。信長を《調伏《ちょうぶく》》することではないのか。あらゆる可能性を探ると口では言いながら、いざとなるとその弱腰か。そんな覚悟で信長の《調伏》を果たせるとでも思っているのか」

「…………。きさまに言われるまでもない」

景虎は声を震わせながら、キッと睨《にら》み返した。

「だが、それとこれとを一緒にはできん。あんなむごい術に手を染めれば、我々も同じ穴のむじなになる。上杉は義を重んじる軍団だ」

「どの口がそれを言う。おまえはすでに織田を倒すために、生人不殺の掟《おきて》も踏み倒した。そもそもおまえらが換生しつづけることが、すでに義に反しているではないか」

「我々が手にかけたのは、織田の換生者だ。生《い》き人《びと》とは言えん。死人だ。我々が死人であるのと同じことだ」

「だが、いつまでおキレイなことを言っていても信長は倒せん。倒さねば、この者のような犠牲者はこの先いくらでも現れる。それでもいいのか！」

高坂は石太郎を指さして言った。

景虎には反論できなかった。高坂の言う通りだった。それができなかったがために、今までどれだけ悔しい思いをさせられたことか。

だが、非情になりきれない。石太郎の福々しい笑顔を見るほどに。せっかく陽のあたる場所に出られたのに、またあの暗く狭い壇の地下に戻すのか。それはあまりに過酷すぎる。

「ひとつ忘れているぞ、高坂」

勝長が横から口をはさんだ。

「石太郎を戻せば、再び信長が霊地の力を得る。みすみす信長に力を与えることになるんだぞ」

今度は高坂が黙る番だった。

その危険を冒《おか》してまで、石太郎を壇に戻すことは現実的ではない。

景虎は石太郎を眺めた。畳《たたみ》の縁を道路に見立てて、お気に入りのミニカーを走らせている。

松子の願いを叶えるためにも、石太郎はこのまま「普通の子供」でいさせてやりたかった。

「茶筅丸のほうはどうなんだ。景虎」

「……織田につれていかれたほうか。また壇を作り直したら、埋められてしまうかもしれないな。その時を狙うというんですか」

「あるいは、な……」

「考え物ですね。だったら、茶筅丸も助けてやるべきです」

答えが出ない。

(三つの仏性石は、諦《あきら》めて、別の方法を探すべきか……)

景虎は迷っている。

こんな時、直江なら、どう助言してくるだろう。

──それよりも考えなければならないことがあるのではありませんか。

直江の声が聞こえた気がした。景虎は思わず石太郎を見た。……そうだった。

この子供が、なぜ、あんな口寄せができたのか。

（もしかして、石太郎は……）

＊

石手寺の住職に笠原夫妻の一周忌法要を頼んだところ、快《こころよ》く引き受けてくれた。

景虎と勝長が参列した。どういう風の吹き回しか、高坂も、いる。

法要を終えて本堂から出てきた景虎を、待っていたのは虎姫だった。

「どうした。その怪我ではまだ歩き回らないほうがいい」

「……ひとつ、上杉様に申し伝えねばならぬことがございました」

虎姫はそれこそが重要とばかりに、真率な顔で伝えてきた。

「信長公は、夜叉衆討伐令を発しました。いかなる手段を用いても、殺さず生け捕りにするよう」

「生け捕りに……だと？」

「はい。ひとり残らず捕らえて、自ら破魂《はこん》すると」

景虎の表情に緊張が走る。破魂の一言は、胸の奥に撞木《しゅもく》を打たれた心地がした。

（そうか。朽木……）

信長ではなく、そう呼んだ。

（決めたか）

「上杉様はむろん討伐の筆頭《ひっとう》にあげておられましたが、気になるのは、直江様とおっしゃる方」

「直江？　直江がどうした？」

「美奈子という女性と一緒ですか。九州におられますか」

景虎はたちまち警戒しなければならなかった。

「なにを知っている」

「御灯守の息子、阿藤守信《あとうもりのぶ》様が直江様と美奈子様を捕らえようとして、九州に向かったと。おふたりが戦線を離れたことも把握《はあく》しておられます」

景虎は険《けわ》しい顔になった。虎姫はくれぐれもと言い、

「もうお察しとは思いますが、松子様が亡くなられた今、次の戦巫女として北里《きたざと》美奈子を探しておられます。松子様の他にも産女は数名おりましたが、いずれも力が足りないとして、一度限りとなりました。信長公は戦巫女の産女をご所望です」

「連中はどこまで直江たちの居場所を把握している？」

「九州にいるとしか……」

虎姫は訴えた。

「ただ、気をつけてほしいのです。信長公の次の野望は九州です。九州の真ん中に巨大な壇を

据えることをもくろんでおられます。四国結界を盗もうとしたのと同じくらいに、阿蘇を」

「阿蘇だと?」

「はい。いまはまだ英彦山《ひこさん》はじめ、求菩提山《くぼてさん》や六郷満山《ろくごうまんざん》など、周囲の壇がためをしているところですが、最終的には阿蘇にそれらを集約する壇を作ると」

景虎は思わず虎姫の肩を強く摑んだ。

「それは本当か。阿蘇に壇を作るというのは!」

「間違いございません」

「もう着手しているのか!」

「いいえ、それはまだ。ただ阿蘇の壇には、戦巫女の産んだ産子を据える算段であろうと」

「美奈子を……っ」

馬鹿な、と景虎は声を荒げた。

「そんなことはさせない!」

「上杉様……っ」

「信長は今、どこにいるんだ。どこにいる」

「信長公は岐阜におられます」

虎姫は迷うことなく、答えた。

「岐阜城のある金華山《きんかざん》に、全ての霊脈を集めるために」

（岐阜）

景虎は口の中で繰り返した。

東京での信長の動向が途絶えたのは、単に怪我の療養のためだけではなかった。本拠地を岐阜に移していたのだ。

そうか、と景虎は呟《つぶや》いた。頭にのぼっていた血がすっと引いて、急速に自分が冷静になっていくのを感じた。不思議なほど意識がクリアになり、冷徹な表情になった。

「教えてくれて、ありがとう」

よく休んでくれ、と言い、景虎は廊下を去っていく。

虎姫は不安そうにその後ろ姿を見送っている。


景虎が覚悟を決めたことに気づいたのは、意外にも、高坂だった。

あれからずっと、景虎は毎日のように文机《ふづくえ》に向かい、硯《すずり》で墨《すみ》をすり、呪符《じゅふ》作りに余念がない。

そんな景虎の背後に立って、高坂はその没頭ぶりを眺めている。

没にした呪符がいくつも、畳に散らばっている。

「……私も付き合うぞ」

高坂の言葉に、景虎は筆を走らせる手を止めた。

「なんのことだ」

「信長を仕留めに行くんだろう。私も行くと言っている」

「いい。鉄二を連れて行く」

「最近可愛《かわい》がっておられる新しい飼い犬ですかな」

いつもの揶揄《やゆ》を聞いても景虎は振り返ろうともしない。

「夜叉衆はもうバラバラですなあ。直江殿は美奈子殿と今頃……」

「黙れ。おまえのおしゃべりにつきあっている暇はない」

「ふん。とりつく島もなしか。鉄二に直江の代わりはつとまらんよ」

「そんなことはわかってる」

「だから、私が行ってやろうというのだ」

高坂にしては珍しい。直江にはさんざん絡んでいくくせに、景虎とはソリが合わないのかウマが合わないのか、多少敬遠しているところがある。いつもなら自分から行動をともにするようなことはしない高坂だが。

「たったひとりで出かけていって、まんまと《吸力結界》にはまって破魂でもされたら、誰が骨を拾ってやる」

「安心しろ。信長がいるところに奴《やつ》らは《吸力結界》は張らない。こちらから懐《ふところ》に飛び込んでいけばいい話だ」

「そんなに時間がないのか」

景虎がぴくりと肩を揺らした。高坂はちらりと見、

「おまえの体。これ以上、肺が悪くなっては動けなくなる。だから焦って体が動くうちに信長を仕留めておくつもりなんだろう」

図星を指された。

信長との直接対決に温存しておく体力も、病状の悪化で、どれだけ使い物になるかわからない。景虎は見極めなければならなかった。すなわち、動けるうちに最後のアタックをかけるか。それとも次の肉体に乗り換えるか。

「その体で動けるのはこれが最後と思ってるんだろう。だが、よせ。飛んで火に入る夏の虫になるだけだ。捕まって破魂されるのがオチだぞ」

「大丈夫だ。その前に」

景虎は腰から拳銃《けんじゅう》を抜いて、文机に置いた。

高坂は奇妙なものを見たように、大袈裟《おおげさ》に驚いた。

「……………。自決用のピストルか」

「破魂される前に換生する。そして次の肉体に」

「鉄二をつれていくというのは、スペアのためか。なんだ、つまらん。てっきり、鉄二に留守中、悪さをさせないためかと思ったが」

「どういう意味だ」

「わかっていないな。遠見ができる鉄二が《吸力結界》に気づかなかったのは、本当に寝こけていたためだとでも思うのか」

「……………」

「それと、これ」

と高坂は自分の額を人差し指で指した。

「鉄二の額。前髪で隠しているが、いつのまにかビンディのようなものが張り付いている。気づいていないのか」

「おまえはあれがなんだと思う」

「以前はなかった」

景虎は神妙な顔をする。何を言おうとするのか読み取ろうと、殊更、注視する。

高坂も笑みを消して真顔になった。

「……鉄二に、魔王のにおいがする」

「におい」

「そうだ。においだ。あのビンディ」

高坂は嗅《か》ぎ取っていた。

「あれは――信長だ」

景虎は氷のような目つきになる。

筆を置いて、拳銃を手に取る。

弾倉を引き抜いて、弾丸の数を確認する。胸の前で、弾倉をガシャリと押し込んだ。

目は殺意を宿している。

「……………。知っている」

＊

昭和三十七年が明けた。

阿蘇は雪の正月となった。

大観峰《だいかんぼう》から見渡せる景色も白く日を受けて輝いている。阿蘇の五岳《ごがく》は雪をかぶり、涅槃《ねはん》像もまるで白い上掛けを載せたような姿だ。

中岳《なかだけ》は相変わらず噴煙をあげているが、穏やかな年明けになった。

新聞を賑《にぎ》わせているのは、年末に起きた偽札騒動や、旧軍人による内閣《ないかく》要人の暗殺計画の発覚だ。去年も世界は騒がしかった。東西冷戦が深まって、ベルリンでは壁が築かれたという。

地上では壁を作ったの穴を掘ったのと忙しく、目に見えないカーテンが、目に見えるものへと変わりつつある。空を見上げれば、ロケット開発が著《いちじる》しく、ソ連の打ち上げた人工衛星が、初めて人類を乗せて地球を回った。

街では二年後のオリンピック開催を控えて、いっそう槌音《つちおと》が高まっていく。相撲《すもう》では大鵬《たいほう》が大活躍し、人々はジャズ喫茶に集《つど》い、景気は今年も悪くなる兆《きざ》しが見えない。だが、そんな世間のことも、この阿蘇の山中には聞こえてこない。ラジオの電波も届きづらい。

雪をかぶって、いっそうひっそりとしている。人も訪れない山荘は、静まりかえっている。

ある日のことだった。

ひとりの女が烏帽子岳《えぼしだけ》の麓《ふもと》にあるバス停に降り立った。ひたすら地味に装うように、ねずみ色のオーバーを着て、毛糸の帽子をかぶっている。足下は長靴で、トランクをひとつ持ち、ぬかるんだ林道をあがっていく。

雪はもう積もっていなかったが、ほとんど日の当たらない林道は、ぬかるんでいて、長靴を履《は》いていて正解だ。

途中で立ち寄ったのは、柳楽のアトリエだ。

女は話すことができない。だが面識がある。筆談をかわし、そこからは柳楽がトラックで送ってくれた。鬱蒼《うっそう》とした林の中にぽつんと立っている平屋の山荘は、いかにも薄暗く、人の気配もないが、煙突《えんとつ》から煙が立ち上っているのでかろうじて人がいるとわかる。

柳楽とはそこで別れた。

女は何度かノックをする。

ゆうに三分以上経っただろうか。

玄関のドアがそっと開き、中から、髪の長い若い女がひとり、顔を覗かせた。

「マリーさん……！」

山荘にやってきた女は、小杉《こすぎ》マリー。

柿崎《かきざき》晴家だった。


晴家の突然の来訪は、美奈子を驚かせた。

この山荘に柳楽以外の者が訪れたのも、これが最初だった。

《直江は、どこ……？》

晴家が問いかけると、美奈子は笑顔を消し、暗い目をした。

「この時間は、山の見回りをしていると思います。夕方まで戻ってこないかと」

《そう……。なら、夕方までここで待つわ》

美奈子は静かに微笑《ほほえ》んだ。

ふたりの様子を心配していた晴家は、八海から彼らの居所を辛抱強く聞き出して、ようやくといった思いで会いにくることができた。

それまでは壇潰しにかけずり回って、身動きもとれなかった晴家だ。

美奈子は元気だった。もっと鬱々《うつうつ》と過ごしていると思っていたが、意外なほど話し声もしっかりしていて、変わった様子は見られない。

いや、そうでもなかった。

以前よりも、急に大人びた感じがした。

大人びたというのは、少し語弊《ごへい》がある。落ち着いたというべきか。

もともと、おっとりとしていて癒《い》やしの雰囲気があったけれど、いまは、娘らしい人なつこさが消えたというか。曖昧《あいまい》さがなくなったというか。

（なにかしら……これは）

マリーもうまく捉《とら》えきれなくて、困惑した。

（美奈子ちゃんだけど……美奈子ちゃんじゃないみたいな……）

ちゃん、をつけるのも、憚《はばか》られる。

近寄りがたさすら感じる。

「まあ、チョコレート。ありがとう。あまり甘いものが食べられなくて……。いま、お茶をいれますね」

台所での立ち居振る舞いは、慣れたものだ。仮住まいではあるが、食器の置き方から何から、もうすでに使い勝手よく整理整頓《せいとん》されて、生活感がある。

室内も荒れた様子はない。

(思ってたよりも、ここの生活になじんでる……)

晴家は少々、拍子抜けしてしまった。

もっとやつれているかと思った。

潜伏生活の息苦しさからすれば、牢獄《ろうごく》の囚人《しゅうじん》のように不健康な顔をして、隈《くま》のひとつふたつ、こさえていてもおかしくはなかった。そういう姿を覚悟してきたので、不可解なほど変わらぬ美奈子の美しさに、驚いた。

《ごめんなさいね、本当はもっと早く来たかったのよ》

チョコレートを茶菓子に、ふたりで紅茶を囲みながら、晴家が告げた。

《でも、へたに私が動くと、そこから誰が嗅ぎつけるか、わからないから……》

「お気遣い、ありがとうございます。心配してくれて……」

その気持ちだけで充分だと、美奈子は微笑した。

晴家は一抹《いちまつ》の違和感を覚えた。

微笑に若さがない。

大人になった、というものではない。大人というよりも、老人のそれに近い。

物事を見通せてしまうがゆえの諦念《ていねん》を含んだ、達観した者だけが見せる、微笑だ。美奈子はほんの数カ月会わないだけで、晴家の知らない表情を持つようになっていた。

微笑だけではない。話し方も。

華やいだものが失せ、未熟さも失せ、晴家が少し気圧《けお》されるくらいに、芯《しん》が通った話し方をする。かよわさとひよわさが消えた。自立した女になったと思った。

潜伏生活のせい？

（ちがう）

強さと呼んでしまうには、その頬《ほお》に漂《ただよ》う陰《かげ》が濃すぎる。

その肌は白さを通り過ぎて、青白く発光しているような。

（なんなの。この感じ）

喜んではいるが、心からはしゃいでいるのでもない。微笑むのと同時に泣いているような、笑いながら叫んでいるような。静穏《せいおん》と荒廃が紙一重であるような。

捉えきれないこの感じは。

「賢三《けんぞう》さんは……元気ですか」

問われて、晴家は我に返った。美奈子を観察するのに気をとられて、話している内容がとんでしまった。

《ええ……ええ。元気よ！　あちこち飛び回って、ばんばん《調伏》してる！》

と言いたいところだけど……、と言って、晴家は眉を下げた。

《体がつらいのか時々臥《ふ》せってる。でも美奈子ちゃんが心配するほど、ひどくはないから、安

心して。大丈夫。きっともうすぐ会えるわ》
その言葉は半分本当で、半分嘘だった。
美奈子の大きな瞳が、じっと見つめてくる。心の底まで見透かされているようだ。
《直江の様子は、どう?》
見透かされる前に問いかけようとした。晴家は真顔になっていた。
《美奈子ちゃんに冷たくあたったりしてない?》
「元気ですよ」
美奈子はまた、あの老いたような笑みを浮かべた。
「普通に接してくれてます。よく気遣ってくれます」
《正直に言っていいのよ。私は美奈子ちゃんの味方のつもりでいるのだから》
ええ、と言って微笑む。
「ありがとう。心強いです」
その笑みにまた青白い光が重なる。危うさを感じた。
やはり、なにかがいつもとちがう。
《ねえ、美奈子ちゃん……》
話しかけようとした時だ。チョコレートを口に運ぼうとした美奈子が、ふと手を止めた。顔をわずかにしかめたかと思うと、口にいれずに、皿に戻してしまう。

《あ……。ごめん。もしかして、お口にあわなかった？》
美奈子は慌てて手を振った。
「いえ、そうじゃありません。……そうだ。私、こっちに来て、絵を描き始めたんです。柳楽さんに教えてもらって」
《絵を？》
晴家の目の端にちらりと、居間の奥に置かれたピアノが映ったが、布がかぶせられているところをみると、弾いていないらしい。ピアノを弾かずに絵を描いているのか？
「よければ、見てくれませんか。これでも、だいぶ上達したんです」
《う……うん。ぜひ見てみたいわ》
「待っててください。いま部屋からとって……」
と立ちあがりかけた時、突然、口を押さえた。そのまま、その場にうずくまってしまう。
《だ、大丈夫、美奈子ちゃん……っ》
吐き気をこらえている。
晴家が介抱しようと近寄ると、その手を振り払って立ちあがり、あたりのものにしがみつくようにして、よろめきながら洗面所に向かってしまう。
晴家は茫然とした。
戻ってきた美奈子は、しきりに下腹部をさすっている。

「ご、ごめんなさい……。食あたりです。たぶん」
晴家には査《み》えてしまう。
《美奈子ちゃん、それ……》
大丈夫……、と言いながら、まだ口を押さえている。
《もしかして、あなた》
美奈子は目に涙をためている。
晴家は愕然《がくぜん》として、立ち尽くした。

あとがき

こんにちは。桑原水菜《くわばらみずな》です。
『炎の蜃気楼《ミラージュ》昭和編　涅槃月ブルース』いかがでしたでしょうか。
昭和編も十冊目になりました。
残すところ、あと一冊。
二十七年続いた「炎の蜃気楼」シリーズも、あと一冊。
感慨深いです。

ミラージュは十三年前に本編が完結していますので、気持ち的には二度目の完結です。
本編完結後、邂逅編で夜叉衆《やしゃしゅう》の始まりを描き↓幕末編を経て↓昭和編のラストは本編の最初に繋《つな》がっていきますから、輪がつながるの意味で「環結」と呼びたいと思います。

二度目の完結は「環結」ということで。

しかし、わかってはいましたが、昭和編はしんどい。

はじめからわかっていたことですが、しんどい。

なんの修行かと思えてきます。

書くほうがこうなのだから、読むほうは苦行でしょう。

なのに最後までお付き合いしてくれようという皆さんは、観音様《かんのん》です。

もう全員を抱きしめて回りたい気分です。……迷惑だと思いますが。

物書きとしては鍛《きた》えられます。

描くのがきついシーンというのは、それはそれは鍛えられます。どういう面で鍛えられるかというと、主にメンタルが。

小説を書いていれば、理解しにくい人間や犯罪者や悪人も、描かなければならない時がありま す。そういう人がする行為はもちろん内面を描くのは、体力も気力も要るものです。

そこまで自分自身を沈めていかないといけないので、文章を書く以上に、そのメンタルに自分を持っていくのが、一番時間がかかる作業なのではないかと。

そういう精神状態に一度はまると、昔は浮上するのも大変でした。

でも自分を追い込まないと出てこない言葉というのは、確実にあるので、そこにどう自分を持っていけるかが、実は一番大きな作業なのだと感じます。

ミラージュは没入してなんぼ、という世界なので、私自身こういう書き方をさせてもらえる機会がこの先どれだけあるか、と思うと、一頁《ページ》一頁が貴重な機会と思えてきます。《調伏《ちょうぶく》》の真言《しんごん》とかも、今まで当たり前に書いてきたので、それも最後がくるのか……と思うと、淋《さび》しい気持ちも。

景虎《かげとら》や直江《なおえ》たちは、こんなに長く書いてくれれば、私の人格の一部みたいなものなので、書かなくなる日というのが、まだ想像つかないのですが。

早く書き上げたいのと書き終わりたくないのとのせめぎあいで、変な気持ちでしたが、あとはもう、搾《しぼ》りきるみたいにして書ききるだけだと思います。

あと一冊、がんばります。

久しぶりに阿蘇《あそ》を舞台に描きました。

去年の大地震が大変な被害となり、心を痛めておりました。改めてお見舞い申し上げます。

阿蘇の涅槃《ねはん》像は、根子岳《ねこだけ》の頂上の、釈迦《しゃか》のお鼻にあたる部分が崩れて形が変わってしまったと聞きました。

落ち着いたら、また出かけたいと思いつつ、なかなか行けずにおりましたが、当時取材で用いた本や地図を眺めて、懐かしい地名や名前に接しているうちに、阿蘇に行きたい気持ちがどんどん膨れあがっております。

環結前に一度行けるといいなあ。

阿蘇といえば『火輪《かりん》の王国』ですね。

執筆のために読み直したりしてるんですが、古城《こじょう》高校のくだりが本当に楽しく。

モデルにした高校の、当時の生徒会長さんが「御厨樹里《みくりやじゅり》」と呼ばれていたと聞き、ちょっと楽しかった思い出。御厨会長、お元気ですか？

当時高校生だった皆さんも、いまは三十代ですね。

というか、書いたのが二十年以上前だということに、腰が抜けてます。

歳《とし》もとるわけだ！

話は変わりまして。

なんと、今年も昭和編の舞台上演が決まりました！

第四弾になります！　すごいな！

以下、詳細でございます。（公式ブログより抜粋）

＊＊＊＊＊＊

舞台「炎の蜃気楼昭和編」第4弾の上演が決定しました！

本作より数名のレギュラーキャストが変更となり、新しいキャストでのミラステとなります。

変更になるキャラ、新たにご出演いただくキャストさんはこのようになります。

◆笠原尚紀／直江信綱役：平牧仁さん
◆宮路良／安田長秀役：五十嵐麻朝さん
◆高坂弾正役：鐘ヶ江洸さん

昭和編完結へ向けてさらに熱く深くなっていく物語を、どうぞお見逃しなく!!

トライフルエンターテインメントプロデュース
舞台『炎の蜃気楼昭和編　紅蓮坂ブルース』
日程：二〇一七年十月十二日（木）～十七日（火）

劇場：シアター1010（北千住）
原作：桑原水菜（集英社コバルト文庫刊）
演出：伊勢直弘
脚本：西永貴文（空飛ぶ猫☆魂）
出演：
富田翔・平牧仁／
佃井皆美・五十嵐麻朝・今出舞・鐘ヶ江洸・宮城紘大／
湯浅雅恭・菅原健志・細川晃弘・北村海・田中領・金子佳代・木寺奈緒／
増田裕生・林修司／笠原紳司・水谷あつし

その他の詳細は、公式ブログ・ツイッターにて追ってお知らせ致します。

公式ブログ：http://blog.livedoor.jp/mirage_stage2017/
公式ツイッター：https://twitter.com/mirage_stage

＊＊＊＊＊＊

続投の皆さんと新しい皆さんとで、どのような化学反応が起こるか、今から楽しみです。

舞台のミラージュ、シリーズ完結前にぜひ一度見に来てくださいませ。


しかし本当にありがたいことです。

シリーズの最後の最後まで、こんな形で世界を広げていけるミラージュは、とても幸せな作品なのだと思います。

昭和編を小説と一緒に走ってくれた舞台。

たくさんの方々に支えられております。感謝の言葉しかありません。

あと一冊。

最後の最後まで、ミラージュらしく、熱く描ききりたいと思います。

どうか見届けてやってくださいませ。


それでは、ラストの巻でお会いしましょう。

環が繋がる日まで。

二〇一七年七月

桑原水菜

※この作品はフィクションです。実在の人物・団体・事件などにはいっさい関係ありません。
※当作品は昭和三十年代を舞台にしているため、現在では使用しない当時の用語が出てくる場合があります。

この作品のご感想をお寄せください。

桑原水菜先生へのお手紙のあて先
〒101―8050　東京都千代田区一ツ橋2―5―10
集英社コバルト編集部　気付
桑原水菜先生

くわばら・みずな

9月23日千葉県生まれ。天秤座。O型。中央大学文学部史学科卒業。1989年下期コバルト読者大賞を受賞。コバルト文庫に「炎の蜃気楼」シリーズ、「真皓き残響」シリーズ、「風雲縛魔伝」シリーズ、「赤の神紋」シリーズ、「シュバルツ・ヘルツ－黒い心臓－」シリーズが、単行本に『群青』『針金の翼』などがある。趣味は時代劇を見ることと、旅に出ること。日本のお寺と仏像が好きで、今一番やりたいことは四国88カ所踏破。

炎の蜃気楼《ミラージュ》昭和編

涅槃月ブルース

COBALT-SERIES

2017年8月10日　第1刷発行

★定価はカバーに表示してあります

著　者　桑　原　水　菜

発行者　北　畠　輝　幸

発行所　株式会社　集　英　社

〒101－8050

東京都千代田区一ツ橋2―5―10

電話　【編集部】03-3230-6268

【読者係】03-3230-6080

【販売部】03-3230-6393（書店専用）

印刷所　図書印刷株式会社

ISBN978-4-08-608045-3　C0193

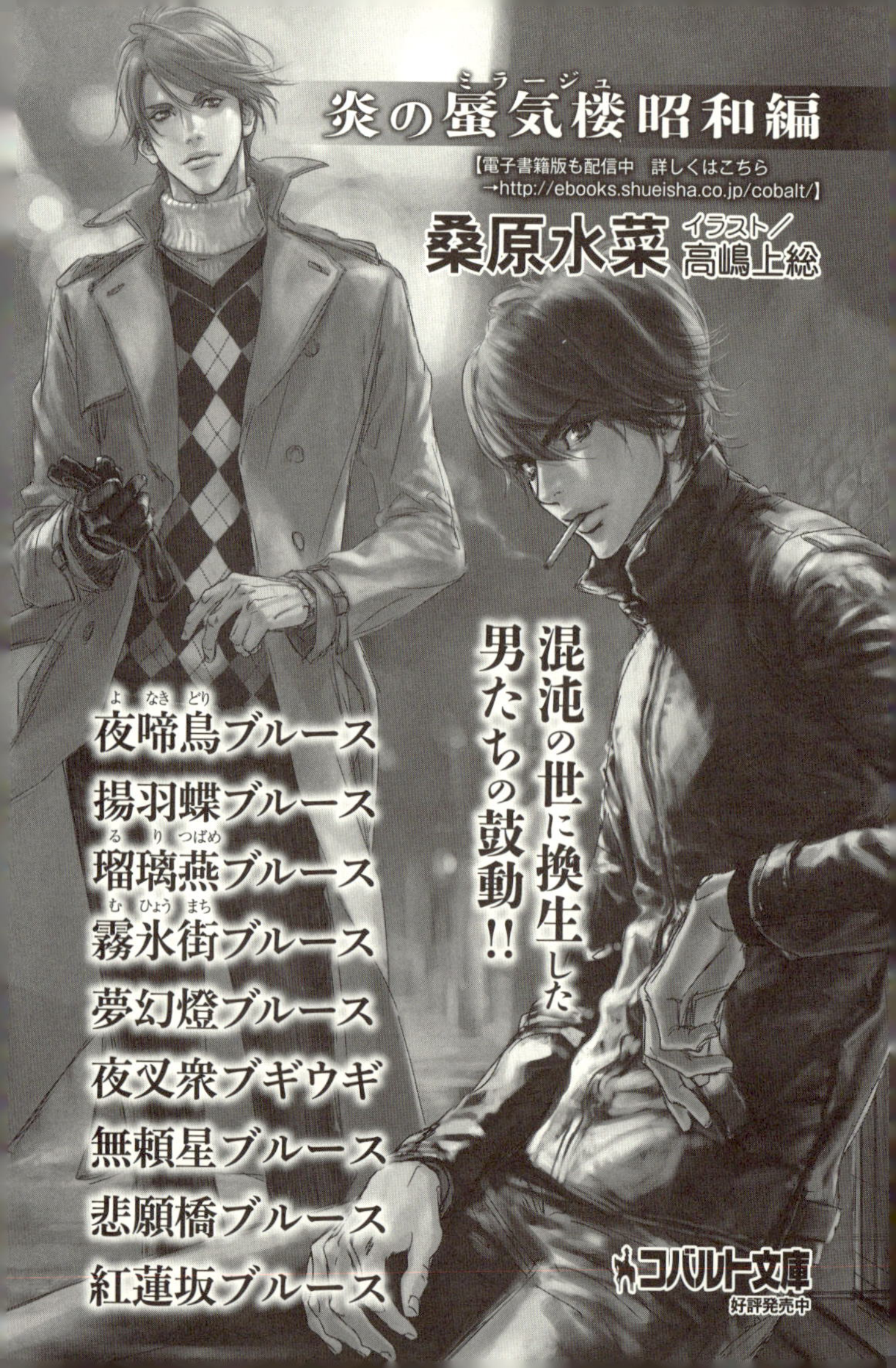
炎の蜃気楼《ミラージュ》昭和編
【電子書籍版も配信中　詳しくはこちら
→http://ebooks.shueisha.co.jp/cobalt/】
桑原水菜　イラスト／高嶋上総
混沌の世に換生した男たちの鼓動!!
夜《よ》啼《なき》鳥《どり》ブルース
揚羽蝶ブルース
瑠《る》璃《り》燕《つばめ》ブルース
霧《む》氷《ひょう》街《まち》ブルース
夢幻燈ブルース
夜叉衆ブギウギ
無頼星ブルース
悲願橋ブルース
紅蓮坂ブルース
コバルト文庫
好評発売中

戦国の世、「ミラージュ」が蘇る——。
炎の蜃気楼《ミラージュ》邂逅編
真皓《ましろ》き残響
シリーズ
電子書籍版も配信中　詳しくはこちら→http://ebooks.shueisha.co.jp/cobalt/
桑原水菜
イラスト／
ほたか乱
夜叉誕生(上)(下)
妖刀乱舞(上)(下)
外道丸様(上)(下)
十三神将
琵琶島姫
氷雪問答
奇命羅変《きめいらへん》
十六夜《いざよい》鏡《かがみ》
仕《し》返《かえし》換《かん》生《しょう》
神《かみ》隠《がくれ》地《ち》帯《たい》
蘭陵魔王
生死流転
好評発売中　コバルト文庫

激動の時代、上杉夜叉衆《やしゃしゅう》が駆け抜ける——！
桑原水菜
イラスト／ほたか乱
【電子書籍版も配信中　詳しくはこちら→http://ebooks.shueisha.co.jp/cobalt/】
炎の蜃気楼《ミラージュ》　幕末編
獅子喰らう
攘夷《じょうい》志士と佐幕派が争いを続ける幕末の京都。勤王《きんのう》派を狙う「人斬りカゲトラ」の正体とは!?　夜叉衆が京の街を駆ける！
炎の蜃気楼《ミラージュ》　幕末編
獅子燃える
佐幕派・尊攘《そんじょう》派の激しい衝突が続く中、土佐弁を喋る巨躯の男が怪異現象とともに出没するという噂が！　その真相は…。
コバルト文庫
好評発売中

新作

魔女が死なない童話《メルヒェン》
林檎の魔女の診療簿《カルテ》
窮地から救い出してくれた王子様は、敬愛する博物学者様だった！
林檎と薔薇が誘う、じれ甘ラブ♥
王女が秘される童話《メルヒェン》
南瓜の王女の研究録
忌み子の王女を警戒する父王が、婚約者兼監視の少年を派遣した!?
南瓜と精霊が誘う、純白ラブ♥
すべて1冊読みきりのハッピーエンド・ロマンス♥
長尾彩子「童話《メルヒェン》」シリーズ　イラスト／宵マチ
聖女が魔を抱く童話《メルヒェン》
葡萄の聖女の料理帖
料理で王子を祓魔するはずだったのに、計画がバレてお人形扱い!?
葡萄と魔性が誘う、艶甘ラブ♥
花嫁が囚われる童話《メルヒェン》
桜桃の花嫁の契約書
忌み子の王女の『粛清権』を買ったのは、信頼する主治医で……？
呪いと香りが誘う、倒錯ラブ♥
好評発売中　コバルト文庫
【電子書籍版も配信中　詳しくはこちら→http://ebooks.shueisha.co.jp/cobalt/】

コバルト文庫
好評発売中
選ばれし少女の
運命がはじまる……！
目覚めるとそこは有名な錬金術師の
屋敷だった。記憶喪失の少女には
なぜか、錬金術師の才能があって!?
アルケミック・ファンタジー!!
一原みう
イラスト／凪かすみ
錬金術師は
終わらぬ夢をみる
～ゆがみの王国のセラフィーヌ～

秘密を抱えた令嬢の
激動の物語!!
実父に拒絶され、
意に添わぬ政略結婚が
決まった令嬢は、全てを捨てて
士官学校の門を叩いた……。
煌翼の姫君
Koyoku no Himegimi
男装令嬢と
獅子の騎士団
白洲 梓
イラスト／小島 榊
好評発売中
コバルト文庫

天明の月
破妖の剣
外 Side Story 伝
前田珠子
イラスト／
小島 榊
選ばれし少女と世界の
その後の物語！！
ラエスリールの手により、
世界は新時代の幕を開けた。
だが、「またいつの日か、舞い戻る」と
言い残し消えた闇主の姿はなく！？
好評発売中 コバルト文庫

同じ世界観でおくる、涙と笑いのラブコメディ♥
ひきこもり
シリーズ
秋杜フユ
イラスト／サカノ景子
ひきこもり姫と腹黒王子
vsヒミツの巫女と目の上のたんこぶ
ひきこもり神官と潔癖メイド
王弟殿下は花嫁をお探しです
妄想王女と清廉の騎士
それはナシです、王女様
こじらせシスコンと精霊の花嫁
恋の始まりはくちづけとともに
ひきこもり魔術師と社交界の薔薇
それで口説いてないなんて！
虚弱王女と口下手な薬師
告白が日課ですが、何か。
イノシシ令嬢と不憫な魔王
目指せ、婚約破棄！